©Huuka Kazabana

전생 현자의
이세계 라이프

~두 번째 직업을 얻고 세계 최강이 되었습니다~

Author
신코 쇼토

Illustration
카자바나 후우카

이세계에 전생한 회사의 노예
사노 유지

©Huuka Kazabana

왜 그래?

너희를——

테이밍해 달라는 거야?

허약해진 숲의 정령
드라이어드

©Huuka Kazabana

마법 전송——마법 결계.

결계로 마을을 둘러싸고 위력이 분산되지 않게
마법 전송 결계를 설치해 영창한다.

——종언의 업화!!

Tensei Kenja
no Isekai life

Contents

제1장
P003

제2장
P055

제3장
P096

제4장
P116

제5장
P153

제6장
P179

제7장
P202

신규 단편
P209

전생 현자의 이세계 라이프
~두 번째 직업을 얻고 세계 최강이 되었습니다~

©Huuka Kazabana

전생 현자의
이세계 라이프

~두 번째 직업을 얻고 세계 최강이 되었습니다~

Author
신코 쇼토

Illustration
카자바나 후우카

Tensei Kenja
no Isekai life

내 이름은 사노 유지.

모 기업에서 노예처럼 일하는 회사원이다.

취미는 게임이지만 요즘엔 일이 너무 바빠서 전혀 못했다.

그렇게 바쁜데도 월급은 오를 낌새도 안 보인다.

흔히 말하는 악덕 기업이라는 곳이다.

그런 어느 날 심야.

평소처럼 집에 가지고 온 일을 처리하고 있는데 컴퓨터 화면에 처음 보는 윈도우 화면이 열렸다.

화면에는 이렇게 적혀 있었다.

당신은 이세계에 소환되었습니다!

승낙하신다면 YES를, 거부하신다면 NO를 눌러 주십시오.

응답이 없을 경우, 승낙으로 처리됩니다.

"응? ……이게 뭐야. 바이러스인가?"

장난질로밖에 보이지 않는 문장이다.

일반적인 프로그램이면 오른쪽 위에 표시되는 X버튼도 없었다.

보이는 건 YES와 NO의 두 개뿐이다.

보아하니 YES를 눌러도 NO를 눌러도 가짜 청구 사이트 같은 곳으로 연결되는 거겠지.

바이러스 대책 프로그램은 제대로 업데이트하고 있고, 이상한 인터넷 주소는 들어가지 않게 조심하는데, 어느새 바이러스가 깔린 걸까.

어쨌건 대처법은 하나다.

작업 관리자에서 문제의 프로그램을 찾아내 강제 종료.

그게 가장 일반적인 대처법이다.

그럴, 텐데…….

"그러니까…… 어?"

하지만 안타깝게도 바이러스로 보이는 프로그램은 없었다.

그렇다면 다음 수단은…… 재부팅이다.

나는 마우스를 몇 차례 클릭해서 컴퓨터를 재부팅했다.

아무리 그래도 재부팅까지 안 되지는 않았고, 명령에 따라 컴퓨터의 전원이 꺼졌을 때…… 그 일이 일어났다.

"무응답——승낙으로 처리합니다"

내 시야가 갑자기 새까매지더니 대신에 눈앞에 이런 문장이 표시된 것이다.

갑작스러운 이변에 패닉에 빠질 거 같았다.

지나치게 일해서 쓰러진 건…… 아닐 것이다. 과로로 쓰러진 경험은 몇 번인가 있는데, 당시엔 의식 같은 건 전혀 없었고 정신이 드니 병원 침대에 있었다.

그렇다면 이건── 그렇구나, 꿈이다.

내가 그런 결론에 도달한 것과 동시에 이것이 꿈이라는 확신이 드는 상황이 벌어졌다.

주위 풍경이, 숲으로 변한 것이다.

이것만으로도 충분히 터무니없는 일이지만 내 눈앞에는 그 이상으로 황당한 게 표시되어 있었다.

──스테이터스 창이다.

유지

직업:테이머

스킬:테이밍

속성:없음

HP:10/10

MP:10/10

틀림없이 꿈이네.

현실에 이런 게 보일 리가 없잖아.

아무래도 나는 컴퓨터 앞에서 잠들어 버린 모양이다.

테이머라고 하면…… 마물을 사역해서 싸우는 직업 말이지?

풀어서 말하면 마물 조련사일까.

하지만 아쉽게도 내 직업은 테이머가 아니다. 회사의 노예다.

그런고로, 어서 일어나자.

나는 아직 처리해야 할 업무가 남아 있다.

그렇게 생각해 나는 일어나려고 시도해 보았지만 잠이 깰 기색은 없었다.

이건…… 일어나는 건 포기해야 할 거 같다.

사흘 정도 밤새우며 일하면 어떻게든 늦지는 않겠지.

다행히 잠들었을 때를 대비해 아침 6시에는 제대로 일어날 수 있게 알람을 설정해 두었다.

사흘이나 밤새우는 건 괴롭지만 이전에 나흘 밤을 지새운 적도 있으니 어떻게든 될 것이다.

그렇게 생각하는데 내 눈앞에 둥글고 투명한 덩어리가 나타났다.

그 덩어리는 아무래도 생물인 모양인지 움직이고 있었다…… 아니지, 생물이 맞다.

처음 보는 생물이지만…… 어쩐지 이름은 알 거 같다.

게임에서 몇 번이나 보았으니까.

……슬라임이다.

"이거…… 싸워야 하는 건가?"

내 꿈이 어떤 시스템으로 돌아가는지 모르겠지만…… 슬라임이라고 하면 가장 일반적인 초반에 등장하는 적이다.

게임에 따라서는 물리 공격에 내성을 가진 강력한 적으로 등장할 때도 있지만…… 눈앞의 슬라임에게 그런 분위기는 느껴지지 않는다.

적의는 별로 없지만…… 우선 가장 초반에 만나는 적으로 설정된 슬라임으로 보아도 문제없겠지.

무기는 없지만 적당히 주변에 보이는 막대기라도 주워서 싸워 볼까……. 그런 생각을 하는데 내 머릿속에 한가지 아이디어가 번뜩였다.

……싸우지 않고 죽으면 잠에서 깨지 않을까?

지금 일어나면 내일부터 기다릴 사흘 밤샘 작업도 이틀 정도로 줄어들지 않을까?

"좋아…… 덤벼!"

나는 잽싸게 항복하기로 마음먹고 슬라임의 앞에 드러누웠다.

슬라임의 공격력은 낮아 보이지만 내 HP는 10밖에 없다.

기다리다 보면 다 깎이겠지.

그런 내 손을 가까이 다가온 슬라임이 감싼다.

고체라고도 액체라고도 할 수 없는 신기한 감촉이다.

그런데 감각이 묘하게 현실적인 꿈이네…….

그런 생각을 하는데 띠로링 이라는 소리가 머릿속에 울렸다.

동시에 눈앞에 스테이터스 창과 비슷한 느낌의 새로운 창이 표시되었다.

『몬스터 슬라임을 테이밍 했습니다.』

……어째서인지 내가 슬라임을 테이밍 한 걸로 처리되었다.

나는 다 포기하고 슬라임에게 당하려고 드러누운 건데.

아무래도 이 슬라임은 나를 해칠 마음이 없는 모양이다.

"음…… 목이라도 멜까?"

굳이 슬라임에게 당해야만 하는 건 아니다.

뭐든 좋으니 HP를 0으로 떨구면 깨어날 수 있을지도 모른다.

다행히도 효과적으로 목메는 방법은 이전에 과장이 자세하게 알려주었다. 내가 일하다 실수했을 때 말이지.

그런 고민을 시작하는 나를 테이밍 한 슬라임이 손(?)으로 콕콕 찔렀다.

슬라임에게 손은 없지만 몸의 일부를 늘려서 손처럼 쓰는 모양이다.

아무래도 나를 어딘가로 안내하고 싶은가 보다.

"로프가 있는 장소라도 알려주려는 건가?"

꼭 로프가 아니어도 괜찮아. 내가 이 꿈에서 깨게 해 준다면.

그런 내 마음이 전해졌는지 모르겠지만…… 슬라임은 나를 인솔해 천천히 숲속으로 나아갔다.

◇

한동안 걷다 보니 슬라임은 목적지에 도착한 모양이었다.

그곳에 있는 건 한 채의 건물이었다.

겉보기에 사람이 살 거 같지는 않았다.

나를 안내한 슬라임은 그 건물을 앞에 두고 목표를 달성했다는 만족감을 내비치고 있다.

슬라임의 표정 같은 건 모르지만 어째서인지 감정이 전해져 왔다.

"그럼, 로프는 어디 있을까."

나는 곧장 건물에 들어가 로프나 그 대용품으로 쓸 것을 찾기 시작했지만 보이지 않았다.

그 대신에 오래된 책이 한가득 들어찬 커대한 책장을 발견했다.

이 책장을 넘어뜨려 깔리면 일격에 HP가 0이 되겠는데.

그런 생각을 실행으로 옮기려던 순간── 안 좋은 예감이 들었다.

뭐라고 할까. 이 세계에서 스스로 목숨을 끊는 건 그만두는 게 좋을 거 같았다.

그보다 안 죽는 게 좋을 거 같다.

근거는 없지만 어째서인지 그런 느낌이 들었다. 요컨대 감이다.

그리고 내 감은 잘 맞는 편이다.

……일단 죽는 건 그만둘까.

얌전히 오늘은 알람으로 깨고 그 뒤에 사흘 밤을 지새우기로 하자.

그렇게 결정했다면 그때까지 시간을 보낼 게 필요하겠는데.

다행히도 주변에는 책이 가득했다.

이거라도 읽으면서 알람이 울리길 기다리자.

"우선 적당히…… 아차."

여기에 있는 책은 하나같이 표지가 낡아서 제목을 알아볼 수 없었다.

그래서 우선 적당히 한 권을 집었는데…….

첫 페이지를 보고 나는 기겁했다.

『신멸(神滅)의 마도서』.

첫 페이지에는 그렇게 책 제목이 쓰여 있었다.

이 책을 쓴 저자는 틀림없이 중증의 중2병일 거야…….

아니지, 있어 봐.

이게 내 꿈이라는 말은 내가 중2병이라는 게—— 아니야. 자세히 생각하는 건 그만두자.

그런 생각을 하며 나는 책의 페이지를 넘겼다.

안에 쓰인 내용은 잘 이해할 수 없었다.

일단 글자는 읽을 수 있었다.

마력의 조작이 어쩌니 용맥이 어쩌니 하고 적혀 있지만 너무 현실에서 동떨어진 단어들이라 머리에 들어오지 않았다.

그런데 내 스테이터스는 그렇지만도 않은 모양이다.

띠로링, 띠로링 하는 소리와 함께 내 스킬에 글자가 추가되었다.

이런 식으로 말이다.

유지
직업 : 테이머

스킬 : 테이밍, 빛 마법, 어둠 마법, 불 마법, 물 마법, 흙 마법,
　　　전기 마법, 바람 마법, 시공간 마법, 특수 마법, 대마법
속성 : 없음
HP : 26/26
MP : 19/85

이건…… 책을 읽기만 해도 스킬을 익히는 패턴인가.

그야말로 꿈속 게임다운 시스템인걸.

그런 거치고는 스테이터스의 표시 항목이 적어서 영 불편하지만.

그리고 동시에 최대 HP와 MP도 늘었다.

레벨 같은 건 보이지 않지만 스킬을 늘리면 스테이터스가 늘어나는 시스템인지도 모른다.

그런 게임도 종종 있으니까.

그런 생각을 하면서 페이지를 넘기는 사이에 『신멸의 마도서』를 다 읽었다.

지금 내 스테이터스는 이렇다.

유지
직업 : 테이머

스킬 : 테이밍, 빛 마법, 어둠 마법, 불 마법, 물 마법, 흙 마법,
　　　전기 마법, 바람 마법, 시공간 마법, 특수 마법, 대마법
속성 : 없음
HP : 128/128
MP : 120/529

대마법이 추가되었다.

HP와 MP도 제법 늘어난 거 같다.

거기까지 확인했을 때 내 다리에 부드러운 감촉이 느껴졌다.

나를 여기까지 안내해 준 슬라임이 몸에서 뻗은 팔(?)로 나를 찌르고 있었다.

"왜 그래?"

뒤를 돌아보자…….

그곳에는 수많은 슬라임이 있었다.

숫자는…… 80마리는 되겠다.

여전히 경계심이라고는 보이지 않았다.

그보다 뭐랄까, 나에게 경의를 표하는 것처럼도 보였다.

이건…….

"혹시 내가 테이밍 해 주길 바라는 거야?"

내 말에 슬라임이 일제히 살짝 움직였다.

아무래도 긍정의 표현인 모양이다.

"테이밍 하는 건 좋지만…… 어떻게 하는 거지?"

내가 그렇게 말하자 띠로링 하는 소리가 들렸다.

동시에 처음 슬라임을 테이밍 했을 때와 같이 알림창이 표시되었다.

하나 다른 점이 있다면…… 알림창이 세로로 길었다.

몬스터 슬라임을 테이밍했습니다.

몬스터 슬라임을 테이밍했습니다.

몬스터 슬라임을 테이밍했습니다.

몬스터 슬라임을 테이밍했습니다.

몬스터 슬라임을 테이밍했습니다.

이런 문장이 세로로 줄줄이 이어져 있었다.

숫자가 너무 많은 탓에 헤아리기도 어려웠지만…… 아무래도 여기 있는 슬라임의 숫자만큼 있는 모양이다.

"……테이밍이란 건 보통 숫자 제한이 있지 않나?"

어째서인지 80마리나 테이밍 해 버렸는데.

역시 꿈속 게임. 시스템이 여러모로 엉망진창이다.

뭐, 몇 마리를 테이밍 하든 어차피 슬라임일 뿐이지만.

그보다…….

"너희는 뭘 할 수 있어? 전투라든가?"

그렇게 말한 나는 슬라임들을 둘러보았다.

그러자 슬라임들은…… 시선을 회피했다.

"너희 말야……."

아무래도 싸우는 건 못하는 모양이다.

뭐, 처음 만났을 때부터 싸울 의사는 전혀 없어 보였으니까.

그런 생각을 하는데…… 머릿속에 띠로링이라는 소리가 울렸다.

스테이터스를 보자…….

유지

직업 : 테이머

스킬 : 테이밍, 빛 마법, 어둠 마법, 불 마법, 물 마법, 흙 마법,
　　　 전기 마법, 바람 마법, 시공간 마법, 특수 마법, 대마법,
　　　 사역 마법, 부여 마법

속성 : 없음

HP : 138/138

MP : 143/629

사역 마법과 부여 마법이 추가되었다.

이러는 사이에도 내 MP는 점점 늘어났다.

대체 무슨 일이 벌어진 건지.

가까이에 있는 슬라임을 보자…… 그 이유가 판명되었다.

슬라임이 책을 읽고 있었다.

"설마…… 너희가 날 대신해서 책을 읽어 주는 거야?"

내가 그렇게 묻자 슬라임들이 탱글탱글 떨었다.

아무래도 긍정의 표현 같다.

어쩐지 기뻐하는 듯한 분위기가 전해졌다.

이렇게 슬라임들은 이 건물에 있던 책을 차례차례 읽기 시작했다.

여전히 제목은 『불사의 비전서』라느니 『빙설의 금술』라느니 극심한 중2병으로밖에 보이지 않았지만…… 스킬은 착실하게 늘어났다.

직접 읽지 않아도 스킬을 익히는구나.

이리하여 최종적으로 내 스킬은 이렇게 되었다.

유지

직업 : 테이머, 현자

스킬 : 테이밍, 빛 마법, 어둠 마법, 불 마법, 물 마법, 흙 마법,
　　　전기 마법, 바람 마법, 시공간 마법, 특수 마법, 대마법,
　　　사역 마법, 부여 마법, 가공 마법, 초월급 전투술

속성 : 없음

HP : 166/166

MP : 302/1326

스테이터스가 제법 성장했고 스킬이 두 개 더 늘었다.

그리고 어째서인지 칭호에 『현자』가 추가되었다.

"……마법을 쓸 수 있는 건가?"

일단 안전해 보이는 걸 써 볼까.

여기엔 슬라임이 잔뜩 있으니 사역 마법을…… 사역 마법은 뭐가 있지?

그렇게 생각한 순간 머릿속에 『감각 공유』, 『몬스터 강화』, 『공격 전이』, 『수호』……그런 말이 떠올랐다.

이건…… 쓸 수 있는 마법의 목록인 걸까.

꿈치고는 잘 만들어진 시스템이네.

아니지, 꿈이니까 그런 건가. 현실에서 이런 시스템을 만들려고 하면 얼마나 어려울지 짐작도 안 된다.

그런 생각을 하며 나는 『감각 공유』를 선택해 보았다.

그러자…… 머릿속에 내가 보고 있는 것과는 다른 영상이 펼쳐졌다.

아무래도 슬라임이 보고 있는 풍경을 나도 볼 수 있는 모양이다.

신기한 감각인걸.

일단은 배가 고팠다.

여기에 식재료는 없어 보이니 이동할까.

"이봐~! 다들 따라와 줘!"

내가 그렇게 말하자 여기저기에 흩어져 있던 슬라임이 내가 있는 곳으로 모였다.

하지만…… 뭐랄까. 약해 보인다.

강한 몬스터가 나오기라도 하면 한순간에 전멸해 버릴 것만 같았다.

그렇게 당하면 불쌍한데…….

그렇게 생각한 순간 머릿속에 『슬라임 합체』라는 말이 떠올랐다.

"……슬라임 합체."

내가 그렇게 주문을 말하자 슬라임들이 한곳에 모이더니…… 한 마리의 거대한 슬라임으로 변했다.

그렇구나. 합체란 건 이런 거였나.

합체할 수 있다는 말은……?

"분리."

내가 말에 따라 슬라임들이 분열해 본래대로 돌아왔다.

숫자는 헤아리지 않았지만 아마도 합체하기 전과 같겠지.

"합체."

나는 다시 한번 슬라임들을 합체를 시켰다.

합체한 다음에는 사이즈가 커서 그런지 조금은 강해 보였다.

한동안은 이대로 있게 하자.

그런 생각을 하며 나는 건물을 나갔다.

"혹시 너희 어딘가 식재료가 있는 곳 알아?"

나는 그렇게 슬라임들에게 말을 걸었다.

그 말에 슬라임들은 탱글탱글 떨었다.

아무래도 무언가 말하고 싶은 모양이다.

……하지만 아쉽게도 나는 슬라임의 말은 알지 못한다.

그렇게 생각했을 때…… 머릿속에 단어가 떠올랐다.

『테이머 스킬 : 의사소통』

아무래도 테이밍 한 몬스터와 의사소통이 가능한 마법인 모양이다.

내가 그 스킬을 발동하자 슬라임들의 목소리가 들려왔다.

〈주인님~ 저쪽이야~.〉

〈저 잎사귀, 먹을 수 있어~.〉

〈이 풀도 맛있어~.〉

아무래도 슬라임은 합체해도 의사는 개별적으로 있나 보다.

모습은 하나인데 수많은 슬라임이 동시에 말하는 듯한 살짝 신기한 느낌이다.

그런데 풀이랑 잎사귀라니…….

모처럼 꿈속이니 좀 더 제대로 된 걸 먹고 싶은데.

"쌀이나…… 고기 같은 건 없어? 그보다 마을은 어디야?"

〈마을~?〉

〈주인님, 마을이 뭐야~?〉

으음, 마을이 뭔지 모르나 보다.

그보다…….

"일단 주인님이라고 부르는 건 그만해."

〈주인님, 안 돼~?〉

"가능하면 그러지 말아 줘."

그런 호칭에는 익숙하지 않아서 왠지 어색한 느낌이다.

〈그럼…… 두목!〉

"두목이라니…… 도적도 아니고. 다른 걸로 해 줘."

〈주군~.〉

"기각. 아~ 평범하게 이름으로 불러 줘. 나는 유지야."

〈알았어. 유지~.〉

좋아.

아무래도 슬라임에게 주인님이라고 불리는 건 막은 것 같다.

그렇게 한숨을 돌리던 참에 슬라임들이 소란스러워졌다.

〈유지~ 드래곤이 있어~.〉

〈강해 보여~ 도망쳐~!〉

〈저기야~! 저기~!〉

그렇게 말하며 슬라임들은 도망치려고 했다.

하지만…… 늦은 모양이다.

〈끄아아악~!!!〉

〈여기로 왔어~!!!〉

슬라임들이 비명을 지르며 땅에 납작하게 오그라들었다.

그 직후에 근처에 있던 나무들이 송두리째 날아가 버렸다.

그리고 나도 같이 날아갔다.

"……어?"

얼빠진 목소리를 내며 거의 수평으로 날아간 나는 나무에 격돌하고서야 멈췄다.

보통은 이런 속도로 나무에 부딪히면 죽을 테지만…… 역시 꿈이다. 등은 분명히 아팠지만 다친 곳은 없어 보였다.

……어라? 아프다고?

꿈속인데 아프다니, 이상하잖아?

그런 생각을 끊듯이 나를 날려 버린 존재가 엉망진창으로 짓밟힌 숲에서 모습을 드러냈다.

──드래곤이었다.

그것도 가뿐히 10미터는 넘어 보이는 크기다.

이렇게 크면 나무들을 마른 나뭇가지마냥 날려 버린 것도 충분히 납득되었다.

"지, 진짜냐……."

고기를 먹고 싶다고 말한 건 사실이지만…… 이런 괴물을 부른 적은 없다고.

마법이라도 있다면 마물을 통구이로 구워서 먹는다는 선택지도 있을지 모르지만…….

테이밍 스킬처럼 알려주지 않으려나.

그렇게 생각하자…… 마법 리스트가 표시되었다.

숫자가 너무 많아서 전부 확인할 수 없었지만…… 본 기억이 있는 이름이 몇 개 있었다.

아마도 그 건물에서 읽었던 책(『신멸의 마도서』라든지)에 쓰여 있던 마법이 여기에 표시된 거겠지.

이것도 테이머용 스킬과 마찬가지로 쓸 수 있는 걸까.

그런 걸 생각하며 나는 강해 보이는 스킬을 골랐다.

강해 보이는 스킬은, 금방 찾을 수 있었다.

『종언의 업화』. 척 보기에 강해 보인다.

일단 이거라도 써 보자.

"좋았어……『종언의 업화』."

내가 그렇게 말한 순간…… 시야가 새빨갛게 물들었다.

눈앞에 드래곤을 집어 삼킬만한 거대한 불기둥이 솟구친 것이다.

아니, 드래곤만이 아니다. 내 눈앞에 있는 숲 전체를 송두리째 불사를 기세다.

〈끄아악──!!〉

그걸 본 슬라임들이 더더욱 움츠러들었다.

다행히 불기둥이랑 반대 방향에 있어서 슬라임들은 휘말리지 않은 모양이다.

그리고…… 수십 초 뒤.

틀림없이 숲이었던, 내 시야에 보이던 모든 경치가 아무것도 없는 평지가 되었다.

다행히 피해를 모면한 슬라임이 내 발치에서 움츠리고 있다.

우리를 습격했던 드래곤의 모습은 보이지 않지만…… 숯덩이처럼 뼛조각들이 떨어져 있다.

잘 보니 그 드래곤과 골격이 비슷해 보이기도 했다.

……어라?

드래곤, 이걸로 쓰러뜨린 거야?

이동하려고 한 그 순간.

현기증을 느낀 나는 땅에 무릎을 찧었다.

일어서려고 해도 도무지 일어설 수 없었다.

"어어……?"

원인은 금방 알아냈다.

HP가 절반 아래로 깎여 있었다.

그리고…… MP가 마이너스가 되어 있었다.

유지

직업: 테이머, 현자

스킬: 테이밍, 빛 마법, 어둠 마법, 불 마법, 물 마법, 흙 마법,
　　　전기 마법, 바람 마법, 시공간 마법, 특수 마법, 대마법,
　　　사역 마법, 부여 마법, 가공 마법, 초월급 전투술

속성: 없음

HP: 62/193

MP: −205064/1567

상태 이상 : 마력 초과 사용

마력 초과 사용인가.

아무래도 『종언의 업화』는 MP 소모가 막심한 듯하다.

뭐, 그런 위력이었으니까. 그야 MP가 부족할 만하지.

오히려 쓸 수 있는 게 신기할 정도다. 마이너스 20만이라니 대체 뭐냐고. 보통 0보다 떨어지면 못 쓰잖아.

드래곤 때문에 날아갔을 때는 이 정도로 HP가 줄지 않았으니 아마 HP가 감소한 것도 마력 초과 사용 탓이겠지.

앞으로는 마력도 신경을 써서 마법을 써야 할 거 같다.

……그건 그렇고, 이 세계는 정말 꿈인 걸까?

스테이터스, 스킬, 마법, 슬라임 등 꿈이라고밖에 생각할 수

없는 현상이 일어난 것은 사실이지만 그렇다고 쳐도 감각이 지나치게 현실적이다.

통증과 공복을 느끼는 꿈이라니 생전 처음이다.

혹시 꿈이 아니라면……?

가능성이 있다면 내가 여기에 오기 전에 본 컴퓨터 메시지다.

『당신은 이세계에 소환되었습니다!』라고 적혀 있던 그 메시지.

……뭐, 꿈이 아니라면 그건 그거대로 좋지만.

그 망할 악덕 기업에 돌아가는 것보다는 희망적이다.

이게 꿈인지 아닌지는 몇 시간 지나면 명확해지겠지.

혹시 꿈이라면 알람 시계 소리로 잠이 깰 테니까.

그렇다면 지금 해야 할 일은…….

"일단은 밥부터 먹어야지."

아쉽게도 드래곤은 숯덩이가 되고 말았다.

『종언의 업화』는 위력도 마력 소모도 지나치게 큰 모양이다.

이만한 범위를 깡그리 날려 버릴 정도이니 활용성은 없다시피 했다.

〈유지, 잎사귀~!〉

슬라임들이 여전히 주변에 널린 잎사귀를 추천했다.

본래부터 먹음직스럽지는 않았지만…… 조금 전 마법의 열기 탓에 살짝 시들어서 애처로워 보였다.

어찌 되었건 이걸 먹는 건 최종 수단이다.

산나물 같은 건 요리를 어떻게 하느냐에 따라 맛있기도 하지만 여기에는 요리 도구라곤 찾아볼 수 없으며 독이 있는 건 아닌지도 걱정된다.

슬라임에겐 맛있는 식물일지라도 인간에겐 독일 가능성도 있으니까.

그 점에서 고기라면 가열만 하면 어떻게든 먹을 수 있다……고 생각한다.

"애들아, 주변에 적당히 강력한 몬스터 같은 건 없어? 독이 없는 녀석으로 알려주라."

〈있었는데…… 유지의 마법으로 도망쳤어~.〉

그렇군.

그만한 위력의 마법이 갑자기 쏟아지면 도망치고도 남지. 나라도 도망친다.

"그럼…… 찾아볼까. 분열!"

나는 그렇게 말해 슬라임을 분열시켰다.

이만한 숫자가 나뉘어 찾으면 사냥감을 찾는 효율도 매우 높아진다.

〈〈〈알았어~!〉〉〉

그렇게 대답하며 슬라임들은 여기저기로 흩어졌다.

거리가 떨어져도 나랑 슬라임들의 감각은 그럭저럭 이어진 모양인지 숲 구석구석에서 슬라임의 목소리가 전해져 온다.

……그리고 몇 분 후.

〈찾았어~!〉

슬라임 무리 중 한 마리가 사냥감을 찾은 모양이다.

나는 그걸 듣고 『감각 공유』를 발동했다.

그러자 그 슬라임이 보고 있는 경치가 나에게도 보이게 되었다.

아무래도 슬라임이 찾아낸 것은 신장 3미터 정도의 멧돼지 같았다.

멧돼지……라고 했지만 몸의 색이나 분위기로 보아서 평범한 멧돼지와는 매우 동떨어졌다.

아마도 이 녀석도 몬스터의 일종이겠지. 드래곤이 있는 세계니까.

일단 발견한 슬라임에게는 들키지 않게 은폐하라고 하고……어라?

멧돼지가 여길 보는데?

〈끄아악! 들켰어~!〉

『감각 공유』를 통해 보이는 멧돼지가 내 쪽을 보는 것과 거의 동시에 슬라임의 비명이 들렸다.

〈너흰 슬라임이잖아! 물리 공격 내성이라든가 없어?〉

〈있지만, 상대가 상대니까…… 끄아악! 이리로 오고 있어~!
살려줘~!〉

그런 말과 동시에 시야가 회전하며 공중을 날았다.

아무래도 부딪혀 날아간 모양이다.

〈끄아악~.〉

『감각 공유』 너머로 슬라임이 대미지를 입은 게 전해졌다.

아쉽게도 슬라임의 물리 공격 내성에는 한계가 있는 모양이
다.

하지만 마법으로 공격하려고 해도 슬라임은 나랑 너무 떨어
진 곳에 있어서 모습조차 보이지 않는다.

이런 상황이어선 도와주려고 해도—— 그렇게 생각하는데
나는 조금 전 스킬 리스트에서 『몬스터 강화』라는 게 있었다
는 걸 떠올렸다.

"몬스터 강화!"

내가 그렇게 외치자 자신의 몸에서 무언가가 빠져나가는 듯
한 감각과 함께 몸이 무거워졌다.

스테이터스를 보니 HP가 62에서 51로 줄어 있었다. MP는
마이너스 20만 정도인 그대로다.

아무래도 MP가 마이너스 상태이면 마법을 쓰는 건 부담이
매우 큰 거 같다.

하지만 효과는 있었나 보다.

슬라임은 재차 몸통박치기를 받고 날아갔지만 대미지를 받은 감각이 없다.

〈어라? 안 아프네?〉

슬라임의 당혹스러운 목소리가 들렸다.

이건…… 방어력과 물리 공격 내성이 향상되었다는 걸까.

하지만 이걸로는 상대에게 대미지를 주지 못한다.

……MP는 걱정되지만 하나 더 시험해 볼까.

"『마법 전송』――『화염구』!"

『마법 전송』도 테이머 스킬이다.

내 예상이 맞는다면 이 스킬은…….

거기까지 생각했을 때 슬라임의 시야에 청백색 불덩어리가 비치더니―― 멧돼지에게 날아갔다.

불덩어리는 그대로 멧돼지에게 명중해 날려 버렸다.

〈어? 어어?〉

당혹스러워하는 슬라임이 보는 앞에서 멧돼지 몬스터가 쓰러졌다.

아무래도 토벌은 성공한 모양이다.

이 스킬…… 강한걸.

하지만 역시 체력이 한계인 모양이다.

화염구의 MP 소모는 적은 편인지 MP 수치는 거의 변하지 않았달까…… 『종언의 업화』를 쓴 직후와 비교하면 조금 회복해 있었지만 HP가 이미 20 정도밖에 남지 않았다.

유지

직업 : 테이머, 현자

스킬 : 테이밍, 빛 마법, 어둠 마법, 불 마법, 물 마법, 흙 마법,

　　　전기 마법, 바람 마법, 시공간 마법, 특수 마법, 대마법,

　　　사역 마법, 부여 마법, 가공 마법, 초월급 전투술

속성 : 없음

HP : 23/193

MP : −205034/1567

상태 이상 : 마력 초과 사용

……일단은 배가 고프다.

휴식을 취하면서 조금 전에 쓰러뜨린 멧돼지라도 먹을까.

〈다들 습격당하지 않게 합류하는 대로 합체하면서 쓰러뜨린 마물을 회수해 줘.〉

〈〈〈알았어~!!!〉〉

그렇게 대답한 슬라임들은 몬스터를 쓰러뜨린 곳에 모이기 시작했다.

잠시 뒤에 합체하여 한층 커다래진 슬라임이 내가 있는 곳으

로 돌아왔다.

　머리 위에는 그 멧돼지가 올라가 있다.

　그때 나는 한 가지 문제점을 깨달았다.

　마력이 없으니, 요리를 할 수 없었다.

　……역시 마을을 찾아야 하나.

　"물리 공격 내성이 오른 김에…… 잠깐 한 마리만 분열해 줄래?"

　〈응?〉

　나는 의아스럽게 대답하며 분열한 슬라임을 붙잡고는 치켜들었다.

　"마을을 좀 찾고 싶거든."

　〈……마을을, 찾는데…… 왜 나를 들어 올리는 거야?〉

　"그건…… 이렇게 할 거니까!"

　그렇게 말하는 것과 동시에 나는 시야를 공유하며── 슬라임을 하늘 높이 던졌다.

　〈와아──!〉

　오오!

　마을이 보였어!

　〈유지~! 던질 거면 미리 말해 줘~.〉

　"미안……."

　〈아, 저기에 마물이 있어~.〉

　"오케이, 우회해서 가자."

정찰위성을 대신해서 던져진 슬라임의 항의를 받으며 나는 마을로 걸어갔다.

MP가 없으니 슬라임들의 조언에 따라 마물이랑 만나지 않을 루트를 골라서 이동했다.

처음에는 믿음직스럽지 못했던 슬라임이지만 이렇게 보니 제법 도움이 되는 거 같다.

◇

그리하여 약 한 시간 뒤.

우리는 무사히 마을에 도착했다.

"그렇군……. 이런 느낌의 세계란 거지……."

그렇게 말하며 나는 막 도착한 마을을 둘러보았다.

주위에 펼쳐진 풍경은 판타지 계열 게임에서 자주 볼 수 있는, 말하자면 중세풍 거리의 모습이었다.

문에는 『퍼스턴』이라고 쓰여 있으니 아마도 이게 마을 이름이겠지.

한 가지 결정적으로 게임과 다른 점이 있다면…… 그건 현실감이랄까.

게임에서는 배경의 세세한 부분은 표현하지 않고 생략하지만 이 세계에 그런 타협은 없다.

뭐, 꿈이든 진짜 이세계든 게임은 아니니까 당연하겠지.

"이봐, 신기한 차림새인데…… 퍼스턴은 처음인가?"

내가 마을 입구 부근에서 멀뚱히 서 있자 누군가 말을 걸어왔다.

말을 건 사람은 젊은 편인 남자였다.

겉모습은…… 뭐랄까. 게임에 흔히 나오는 모험가의 이미지 그대로인걸.

"맞아. 처음이야. 지금 막 도착했어."

"지금? ……용케 이럴 때 퍼스턴까지 무사히 도착했구만……. 아, 자기소개가 늦었군. 내 이름은 게일이다. 이 마을에서 검사로 먹고살고 있지."

"나는 유지야. 직업은…… 테이머야."

나는 그렇게 대답했다.

직업 중엔 현자도 있지만 두 개를 말하는 건 이상하니까.

"테이머라……. 혼자서 여기까지 왔다는 건 혹시 테이머이면서 모험가를 하고 있는 건가?"

"어어…… 아마 아닐 거야."

나는 한순간 망설였지만 아니라고 대답했다.

애초에 이 세계에 모험가라는 시스템이 있는지 어떤지도 몰랐으니까.

등록 같은 걸 하면 모험가가 될 수 있을지도 모르지만 적어도 지금은 아니다.

"아마……? 잘 모르겠다만 아무튼 모험가가 아니라면 오늘은 마을 바깥엔 안 나가는 게 좋을 거다."

"……그런 거야?"

"그래. 최근 이 마을 부근에 마물의 활동이 활발해졌거든. 평소라면 볼 수 없을 강력한 마물까지 나타나고 있는데…… 오늘은 특히 더 위험한 느낌이야. 한 실력 한다는 모험가를 모아서 마을의 수비를 강화하고 있다만…… 마을 바깥으로 나간 녀석은 지킬 방법이 없으니까."

그렇게 말하며 게일은 숲을 바라보았다.

내가 오늘 무사히 마을에 올 수 있었던 건 행운이었던 모양이다.

뭐, 도중에 드래곤은 만났지만.

그보다 한 가지 신경 쓰이는 점이 있었다.

"충고해 줘서 고마워. 그런데 궁금한 게 있는데…… 나도 모험가가 될 수 있을까?"

『종언의 업화』에 드는 마력 소모에는 버틸 재간이 없었지만 아무래도 나는 마법을 쓸 수 있는 모양이고 테이머 스킬도 있다.

아무런 인맥도 없는 이세계에서 일자리를 찾기보다 모험가를 하는 편이 무난하겠지.

그렇게 생각해 질문했는데…… 반응이 시원찮았다.

"모험가라…… 시험이 있으니 그걸 통과하면 될 수 있어. 하지만 체력도 필요하고 테이머이니 말이지……."

그렇게 말하며 모험가 남자는 난처한 표정을 지었다.

테이머라는 부분이 켕기는 모양이다.

"테이머는 될 수 없는 거야?"

"이런 말 하기 그런데…… 솔직히 어렵다. 역시 무기나 그게 아니라면 마법을 다룰 줄 아는 직업이 아니면 모험가를 하는 건……."

그렇군. 마법이나 무기를 쓸 줄 알아야 하는 건가.

마법이라면 나도 아까 썼지만…….

"그럼 테이머가 아니라 현자라면 모험가가 될 수 있어?"

"현자? ……처음 듣는 직업인데. 적어도 현자 모험가는 들어본 적이 없는걸."

그렇군. 현자라는 건 일반적이지 않은 직업인가.

……바빠 보이니 이 정도로 할까.

"충고 고마워. 일단 시험만이라도 응시해 볼게."

"그래, 건투를 빈다."

그렇게 말하며 게일은 어딘가로 뛰어갔다.

모험가 시험이라…….

살짝 기대된다.

◇

"어디…… 길드, 길드는 어디에……."

다행히 이 세계에서 쓰이는 글자는 나도 읽을 수 있는 모양이다.

『모험가 길드』라고 쓰인 간판이 여기저기에 있어서 나는 슬라임을 어깨에 태우고 간판을 따라 길을 나아갔다.

그렇게 별달리 헤매는 일도 없이 길드에 도착할 수 있었다.

길드는 뭐라고 할까. 딱 길드란 느낌의 건물이었다.

그 외엔 달리 표현할 길이 없었다. 응. 길드네.

문은 활짝 열린 채였기에 우선 안에 들어가 보았다.

"……저긴가."

길드 안에는 몇 개인가 창구가 있었다.

그중 하나에 『모험가 길드 등록 시험』이라고 쓰여 있어서 그 앞에 가 보았다.

"등록 시험을 보시려는 건가요?"

그러자 길드 안에서 무언가 일을 하고 있던 접수원 여성이 일어나 나에게로 왔다.

이름표에는 『릴리』라고 쓰여 있었다.

"네, 시험을 보러 왔습니다."

"알겠습니다. 이쪽 종이에 필요 사항을 기입해 주세요."

그런 말과 함께 나는 한 장의 종이를 건네받았다.

종이에는 『모험가 길드 등록 시험 신청서』라고 적혀 있다.

뭔가 관공서 같은 느낌인걸.

그런 생각을 하며 나는 이름과 나이 등 공란을 하나씩 채웠다.

"……직업이라."

신청서의 직업란에는 『한손 검사』, 『양손 검사』, 『마법사』같은 글자가 쓰여 있고, 어느 하나를 선택하는 방식으로 보였다.

다만 현자라는 직업은 쓰여 있지 않았다.

일단 테이머를 선택해 둘까.

그리고 마법을 쓸 수 있다면 어떤 속성을 쓸 수 있는지 써야 하는 모양이라 스테이터스를 보며 적어 두었다.

"어디 보자…… 빛, 어둠, 불, 물, 흙, 전기, 바람, 시공간, 특수, 대마법…… 아차차."

대마법이라는 글자가 작성란에서 조금 벗어나고 말았다.

최대한 작은 글자로 쓴다고 썼는데도 작성란이 너무 작았던 것 같다.

작성 항목은 이걸로 끝인듯하니 나는 다 쓴 신청서를 릴리 씨에게 제출했다.

"다 썼습니다."

"네, 확인할게요."

그렇게 말하며 릴리 씨가 내가 쓴 신청서를 훑어보더니……다 안다는 듯이 부드러운 미소를 띠었다.

그리고——내가 쓴 신청서를 다시 돌려주었다.

"거짓말을 쓰면 안 돼요. 시험을 보실 때 금방 들통나거든요. ……그리고 애초에 대마법이라든가 특수마법이라든가 시공간은 대체 뭐죠? 그런 속성은 없답니다."

스테이터스에는 그렇게 적혀 있는데…….

일단 잘 알려지지 않은 속성은 지워 둘까.

"그럼 이거면 될까요?"

나는 그렇게 말하며 재차 신청서를 제출했다.

남겨 둔 속성은 빛, 어둠, 불, 물, 흙, 전기, 번개다.

그걸 본 릴리 씨는 한숨을 쉬더니…….

"이대로 괜찮다면 접수하겠지만…… 정말로 거짓말을 적어서 좋을 건 없다구요?"

그렇게 내게 당부했다.

나는 스테이터스에 있는 대로 적었을 뿐인데…… 앗!

혹시 직업이 두 개 있는 걸 숨긴 게 들킨 걸까.

"알겠습니다. 수정할게요. 이걸로 마지막입니다."

그렇게 말하며 나는 직업란에 『현자』라고 덧붙이고 다시 제출했다.

하지만…… 반응이 시원찮았다.

"……직업란에 이상한 글자를 덧쓰지 말아 주세요. 일단 지우고 접수할게요."

릴리 씨는 포기했다는 듯이 말하며 내가 제출한 신청서의

『현자』 부분을 덧칠해 지우고 서류가 쌓여 있는 책상에 놓았다.

그리고 이야기를 이었다.

"그러면 수험료로 15만 치콜을 받겠습니다."

……앗!

"수험료가 필요했나요."

"필요한데요…… 혹시 모르셨나요?"

릴리 씨가 당혹스럽다는 듯이 묻는다.

그렇게 말해도 내가 이 세계에 온 건 오늘이 처음이니까.

그보다 아직 꿈인지 이세계인지도 판명되지 않았고.

일단 어떻게든 수험료를── 그렇지!

"길드에 등록하지 않아도 마물을 팔 수 있나요?"

"말씀대로 등록하지 않아도 마물은 팔 수 있지만…… 15만 치콜은 꽤 큰돈인데요? 이건 일단 접수를 보류하고 돈을 준비하신 다음이 좋지 않을까요?"

그렇구나.

이 세계의 금전 감각은 전혀 없지만 15만 치콜은 큰돈인 모양이다.

일단 길드 말고 다른 방법으로도 돈을 벌어야 할 거 같다.

"알겠습니다. 다시 올게요."

그렇게 말한 나는 슬라임들을 보았다.

슬라임들은 어쩐지 아쉬워 보였다.

……앗! 그렇지.

〈있잖아, 아까 해치운 멧돼지는 어디에 뒀어?〉

나는 목소리로 내지 않고 슬라임에게 텔레파시를 보냈다. 이것도 테이머의 스킬이다.

나는 숲에서 멧돼지 마물을 해치웠다.

처음에는 먹으려고 생각했는데…… 마력이 부족해 요리하기 어려워 포기했던 마물이다.

다시 숲으로 돌아가서 회수하는 건 어려울지도 모르지만 가능하면 그 마물의 가격을 알아보고 어떻게든 금전 감각만이라도 파악해 두고 싶었다.

그렇게 생각해서 한 질문이었는데…….

〈가져 왔어~.〉

그렇게 말한 슬라임이 몸을 크게 부풀렸다.

그러자 그 안에서 아까 잡은 멧돼지가 튀어나왔다.

〈……수납 마법?〉

슬라임은 그런 것도 할 수 있는 건가.

감탄해서 한 말이었는데…… 슬라임은 부정했다.

〈아니야~.〉

〈유지의 스킬이야~.〉

그 대답에 나는 기억을 되짚어 보았다.

그러자 내가 가지고 있는 스킬 중에 『슬라임 수납』이라는 게 있다는 걸 깨달았다.

아무래도 이건 내 스킬인 모양이다.

……나는 그 책으로 수많은 스킬을 익혔지만 어떤 스킬이 있는지 잘 모르고 있다.

조만간 제대로 확인해 둬야 할 거 같다.

그런 생각을 하며 나는 멧돼지 마물(스테이터스 창에는 버스트 불이라고 쓰여 있다)을 가리켰다.

"그럼 일단 이걸 팔고 싶은데요……."

"어, 저기 그 마물은……? 잠깐 기다려 주세요!"

그렇게 말하며 릴리 씨는 길드 건물 안쪽으로 들어갔다.

몇 분 정도 기다렸다.

릴리 씨가 한 초로의 남성을 데리고 돌아왔다.

명찰에는 『부지부장 가이즈』라고 쓰여 있다.

"판정할 수 없는 마물이라는 게 무엇인고?"

"이겁니다."

가이즈 부지부장의 질문에 릴리 씨가 대답하며 내가 꺼낸 버스트 불을 가리켰다.

그러자 가이즈 부지부장은 눈을 휘둥그레 떴다.

"이건 설마…… 버스트 불인가?"

"아마 맞을 겁니다. 팔면 얼마나 할까요?"

"아, 아무렇지도 않게…… 잠깐 살펴보아도 되겠는고?"

"네."

그렇게 말하고 나는 버스트 불의 사체를 가이즈 부지부장에게 넘겼다.

드래곤 같은 것도 있는 세계니까 이 녀석은 아마 그리 강하지는 않은 마물이겠지만…… 이 반응을 보면 혹시 희귀한 마물이었던 걸까.

"……상태가 좋군. 자넨 보아하니 테이머인 모양인데…… 대체 어떻게 해치운 겐가?"

가이스 부지부장은 내 어깨에 올라탄 슬라임을 힐끔 보더니 그렇게 물었다.

어떻게 해치웠냐고 해도 말이지…….

"그냥 마법으로 해치웠는데요."

그 말을 듣고 가이스 부지부장은 놀랍다는 반응을 보였다.

"마법?! 테이머가 아닌 겐가?!"

"테이머인데요…… 테이머도 마법을 쓰잖아요?"

"못 쓰네."

테이머는 마법을 못 쓰는 건가. 그렇다면 현자겠군.

"그럼 다른 직업이요. 저는 현자이기도 한 모양이라…….

"직업을 어떻게 두 개나 가진단 겐가!"

……어라?

"뭐랄까, 알 수 없는 사람이로고……."

그렇게 말하며 가이스 부지부장은 신기한 생물을 보는 듯한 표정으로 나를 보았다.

나쁜 인상을 심은 거 같지는 않지만…… 어떻게 대해야 할지 난처한 느낌이다.

"……일단 저는 테이머라는 걸로 괜찮겠죠?"

"그 슬라임을 보아하니 그 점은 분명하겠지. 테이머가 맞네. ……정말 마법을 쓸 수 있는 겐가?"

"쓸 수 있어요. 오늘은 남은 마력이 아슬아슬해서 가능하면 직접 보이고 싶진 않지만요……."

그렇게 말하며 나는 스테이터스창을 확인했다.

유지

직업 : 테이머, 현자

스킬 : 테이밍, 빛 마법, 어둠 마법, 불 마법, 물 마법, 흙 마법,
　　　 전기 마법, 바람 마법, 시공간 마법, 특수 마법, 대마법,
　　　 사역 마법, 부여 마법, 가공 마법, 초월급 전투술

속성 : 없음

HP : 126/193

MP : -95124/1567

상태 이상 : 마력 초과 사용

MP는 상당히 회복되었지만 여전히 마이너스다.

HP는 있으니 꼭 보아야겠다고 억지를 부리면 한두 발 정도
는 쏠 수 있지만…….

"아니, 괜찮네. 그걸 가지고 있다는 건 시험을 치르러 온 거
겠지? 그렇다면 시험을 치를 때 알게 될 테니 말일세."

그렇게 말하며 가이스 부지부장은 내가 손에 든 신청서를 보
았다.

하지만 아쉽게도 시험은 치를 수 없단 말이지.

"아~ 그거 말인데요……. 실은 수험료가 부족해서 응시하
지 못할 거 같아요."

그렇게 말하며 나는 신청서를 팔락팔락 흔들었다.

15만 치콜은 큰돈이라는 모양이니 아마도 모으는 데 시간이
걸릴 것이다.

그때까지 어떻게 한담.

……그런 고민을 하고 있었는데.

"저기 말일세, 그걸 팔려는 게 아니었는고? 충분할 걸세."

그렇게 말하며 가이스 부지부장은 버스트 불을 가리켰다.

"……이걸로 충분한가요?"

15만 치콜은 큰돈이 아니었나?

저녁밥 대용으로 해치운 마물로 충분하다니, 전혀 큰돈이란 느낌이 안 드는데…….

"그래, 30만 치콜로 어떻겠나."

그렇게 말하며 가이스 부지부장은 금화를 꺼냈다.

이 세계의 통화는 잘 모르지만 그걸로 등록 시험을 치를 수 있다면 바라마지않던 바다.

"알겠습니다. 팔죠. 그리고 시험을 보겠습니다!"

그렇게 대답한 나는 받은 금화 30장 중에 절반과 아까 쓴 신청서를 카운터에 놓았다.

"……이건 무엇인고?"

신청서를 보고 부지부장이 어이가 없다는 듯한 표정이 되었다.

그리고 릴리 씨를 보았다.

"저도 정정하길 권했는데요, 이런 상황이라…….."

아무래도 거짓말이라고 생각하는 모양이다.

솔직히 썼는데 말이지.

"뭐, 좋네. 시험 때 다 알게 될 일이니. 이런 건 예비 조사에 불과하네. 기준에 합당한 힘이 있다면 합격할 테고, 없다면 불합격이겠지. 그뿐일세."

그렇게 말하며 부지부장은 신청서를 받아 주었다.

"그럼…… 시험 일정 말이네만, 내일과 여드레 후일세. 어느 쪽이 좋겠나?"

"내일 보죠."

나는 그렇게 즉답했다.

좋은 일일수록 서둘러야지.

"……컨디션 조절이라든가 괜찮겠는가?"

부지부장은 걱정스러운 듯이 물었다.

하지만 별문제는 없을 것이다.

회복 페이스를 보아하니 내일이면 MP도 회복될 테고.

"괜찮습니다."

"알겠네. 그럼 내일 점심 전에 길드까지 와 주게. 시험은 2박 3일 일정이니 잘 준비하게나."

시험, 그렇게 길게 보는구나.

……뭐, 어떻게든 되겠지.

그런 생각을 하며 나는 길드를 나와 적당히 눈에 띄는 여관에서 묵기로 했다.

그러고 보니 게일이라는 모험가가 오늘 마을 바깥은 위험하다고 했었지.

살짝 상황을 살펴볼까.

〈잠깐 정찰 좀 다녀와 줄래?〉

여관방에서 나는 합체해 커다래진 슬라임들(스테이터스를 보고 알았는데 빅 슬라임이라는 이름인 모양이다)에게 텔레파시를 보냈다.

〈알겠어~!〉

〈어디로 가~?〉

〈분열해~?〉

아무래도 들어줄 모양이다.

〈오늘은 위험하다고 하니 분열은 하지 말고 하나가 돼서 이동해 줘. 위험하다고 생각되면 돌아와도 돼.〉

〈알겠어~!〉

그렇게 말하며 슬라임이 창문으로 나갔다.

나는 『감각 공유』를 사용해 숙소에서 지켜보는 방식이다.

함께 가는 편이 좋을까도 조금 생각했지만 내가 슬라임이랑 같이 가기보다 마법 같은 걸 전송하는 편이 결과적으로는 안전할 것 같으니까.

마력이 조금 더 여유가 있었다면 상황은 달랐을지도 모르지만.

〈사람에게 들키면 토벌 대상이 될지도 모르니까 조심해서 이동해 줘.〉

〈알겠어~!〉

그렇게 말하며 나는 『테이머 감지』를 기동했다.

나는 숙소에서 슬라임들과 통신하며 습득한 스킬 리스트를 살펴보았다.

이것도 그러는 사이에 발견한 스킬 중 하나다.

테이머 계열 스킬은 MP를 소모하지 않는 게 많은지 MP가 없는 지금도 마음껏 사용할 수 있다.

〈음…… 확실히 마물이 제법 있나 보네.〉

테이머 감지를 통해 사람과 마물의 기척이 나에게까지 전해져 왔다.

정말로 마을 주변엔 마물이 상당수 있는 것 같았다.

모험가는 그 마물로부터 마을을 지키고자 싸우고 있다.

〈……이 스킬, 쓸 수 있을까.〉

그렇게 말하며 나는 새로 찾아낸 스킬 『마물 은폐』를 기동했다.

아무래도 테이밍 한 마물의 모습을 감추는 스킬인 모양이다.

이게 있으면 마물과 모험가가 싸우는 모습을 좀 더 가까이에서 확인할 수 있다.

〈와~ 숨어졌어~!〉

슬라임이 이전보다도 더욱 투명해진 몸을 살핀다.

날도 제법 저물어서 바깥은 어두워졌으니 쉽게 들키지 않겠지.

〈좋아. 그럼 들키지 않을 범위에서 가장 가까이에 있는 모험가 그룹에 다가가 줘.〉

〈알았어~!〉

그렇게 대답하며 슬라임이 가까이에 있는 모험가들에게 다가갔다.

그러자 전투 상황이 보이기 시작했다.

〈어째…… 고전하고 있는 거 같은데……?〉

〈마물이 잔뜩 있네~!〉

삼인조의 모험가가 다섯 마리의 늑대 마물과 싸우고 있다.

상대 숫자가 많은 탓인지 밀리고 있는 거 같았다.

〈어? 저 사람은…… 게일이잖아?!〉

게일은 오늘 나에게 바깥은 위험하다고 충고해 줬을 뿐만 아니라 길드 시험도 알려준 모험가다.

어떻게든 돕고 싶은데…….

〈좀 더 가까이 갈 수 있겠어?〉

〈응!〉

그렇게 대답한 슬라임은 모험가들에게 다가갔다.

나는 『감각 공유』를 통해 그 모습을 보며 스테이터스를 살펴보았다.

―――――――――――――――――――――――――

유지

직업 : 테이머, 현자

스킬 : 테이밍, 빛 마법, 어둠 마법, 불 마법, 물 마법, 흙 마법,
　　　　전기 마법, 바람 마법, 시공간 마법, 특수 마법, 대마법,
　　　　사역 마법, 부여 마법, 가공 마법, 초월급 전투술

속성 : 없음

HP : 135/193

MP:-85332/1567

상태 이상 : 마력 초과 사용

이 정도 HP라면 몇 발 정도는 마법을 써도 문제없을 거 같다.

거리도 모험가들의 목소리가 들릴 만큼 가깝다. 이 정도라면 공격을 맞힐 수 있겠지.

좋아, 원호 사격을 해 볼까.

〈……마법을 보낼게. 준비는 됐어?〉

〈언제든 괜찮아~!〉

〈해치워 버리자~!〉

슬라임들의 힘찬 대답을 들으며 나는 『감각 공유』를 통해 마물 한 마리를 조준했다.

모험가가 휘말리지 않게 조심하면서——.

〈마법 전송—— 화염구!〉

HP가 줄어드는 감각을 느끼면서 나는 청백색 화염구가 날아가는 곳을 주시했다.

결과는—— 성공이다.

마법탄은 늑대 마물의 동체에 직격해 날려 버렸다.

〈마법 전송—— 화염구!〉

난 그걸 보며 다음 화염구를 전송했다.

이번에도 명중해 두 마리째 마물을 해치웠다.

급히 나서서 도운 탓에 모험가들은 당혹스러운 눈치였지만 ——.

"찬스야! 단숨에 해치우자!"

늑대 두 마리가 쓰러진 걸 깨닫자 반격을 개시했다.

이번엔 우세로 보였다.

3대3이라면 게일 일행이 강한 모양이다.

——그 뒤로 5분이 지나지 않아 게일 일행은 마물을 전멸시켰다.

시험 전날에 너무 밤을 지새우고 싶진 않으니 오늘은 이 정도로 끝낼까.

〈좋아. 다들 고생했어. 여관으로 돌아와 줘.〉

〈알았어~!〉

이리하여 나는 슬라임과 함께 잠들었다.

……내일은 시험이구나.

다음 날.

알려준 시간에 맞춰 길드로 가자 그곳엔 다른 참가자들과 길드의 교관이 있었다.

교관의 명찰에는 〈길드 교관 레진〉이라고 쓰여 있었다.

아마도 이 사람이 시험을 주도하나 보다.

"좋아. 다들 모였겠지! 이번 참가자는 검사가 셋, 마법사가 둘, 그리고……."

그렇게 말하며 참가자들을 둘러보던 레진 교관은 나에게 시선을 보내더니…….

"테이머…… 그것도 슬라임인가……. 마법을 쓸 수 있다고 쓰여 있는데 거짓이라면 금세 들통날 거다."

내가 어깨에 태운 슬라임을 보고 안쓰럽다는 듯이 말했다.

아무래도 슬라임 테이머는 몹시 어중간한 모양이다.

뭐, 그야 슬라임은 어딜 봐도 약해 보이니까.

그리고 역시 테이머는 보통 마법을 못 쓰나 보다.

하지만…… 실제로 쓰고 있는 걸 어쩌랴.

"거기에 거짓말은 쓰지 않았습니다."

그렇게 말한 나는 레진 교관이 든 종이를 가리켰다.

어제 길드에서 직업 등을 기입했던 그 신청서다.

"……뭐, 그건 지금부터 확인해 보겠다. 슬라임 역시, 재밌는 소문을 들은 참이니까."

"그거 혹시, 게일 씨 이야기인가?"

"그, 슬라임이 마법을 써서 게일 씨 일행을 도왔다는……."

레진 교관의 말에 두 명의 참가자가 반응했다.

그 슬라임…… 짐작 가는 게 있는데. 다 들켰던 건가?

"그래. 십중팔구 잘못 본 거겠지만. 어차피 근처에서 싸우던 마법사의 마법이 잘못 날아간 거겠지."

아니, 잘못 본 게 아닐걸?

그런 얘기를 했다간 귀찮아질 것 같으니 안 할 거지만.

"그렇게 됐으니 슬슬 시험을 진행하겠다. 그리고 유지, 모험가 희망자라면 존댓말은 삼가는 게 좋을 거다."

……존댓말은 쓰면 안 되는 건가.

"알겠습…… 알았어. 이러면 되겠어?"

"그래. 존댓말을 쓰는 모험가 희망자는 오랜만에 보는군."

아무래도 모험가는 보통 존댓말을 쓰지 않는 모양이다.

상대가 몬스터라면 괜찮지만 사람이 상대라면 명령계통이 들통난다는 건 약점을 내비치는 것과 일맥상통하니까.

곁에서 보기에 상하관계가 알기 어렵게 하는 건 일종의 방어

법일지도 모르겠다.

"그럼 우선 가장 첫 시험인데…… 이건 마법사만 본다. 마법사 둘에…… 유지, 이리로 오도록."

그렇게 말하며 레진 교관이 우리를 길드 카운터 앞으로 불렀다.

카운터에는 처음 보는 수정구 같은 게 놓여 있었다.

"여기에 손을 대 보게."

레진이 말하는 대로 마법사 두 사람 중 한 명이 수정구에 손을 댔다.

그러자 수정구가 엷은 붉은 빛을 발했다.

"불인가…… 속성은 모험가에 적합하군. 마력도 적지 않아 보이니, 단련하면 제법 높은 수준까지 갈지도 모르겠어. …… 다음!"

지시대로 두 명째 마법사가 앞으로 나서서 수정구에 손을 댔다.

이번에는 수정구가 갈색빛을 띠었다.

빛의 강도는 처음 사람보다도 상당히 강해 보였다.

"흙 속성…… 속성은 평범하지만 마력이 상당하군. 흙 마법은 흙 마법대로 쓰임새가 좋으니 잘 숙달하면 좋은 마법사가 될 수 있을 거다. 이번 시험은 인재가 많군!"

그리고 레진 교관은 말을 끊더니…… 시선을 내게 보냈다.

"그럼 유지도 여기에 손을 대 보게. 참고로 마법을 쓰지 못하면 이건 빛나지 않는다. "

　……그렇군.

　거짓으로 마법 속성을 말하면 금세 들통난다는 건 이게 있어서였나.

　뭐, 이런 걸 쓰지 않더라도 실제로 마법을 써 보이면 알 수 있겠지만.

　그런 생각을 하며 나는 수정구에 손을 대려 했는데…… 어째, 수정구의 낌새가 이상하다.

　왠지 불안정한 빛을 내뿜으며 달그락달그락 진동하고 있다.

　내가 손을 빼자 진동과 빛은 멈추었는데…… 뭔가 이상하지 않아?

　"이거, 만져도 되는 거야?"

　나는 레진 교관에게 그렇게 물었다.

　왠지 안 좋은 예감이 드는데.

　아무리 봐도 위험해 보이는 빛이었다.

　"물론이다. 이걸 정정하겠다면 만지지 않아도 된다만……"

　그렇게 말하며 레진 교관은 시험 신청서를 팔락였다.

　하지만 나는 신청서 내용을 고칠 생각은 없다.

　애초에 잘못된 부분이 없는데 정정해서 어쩌겠어.

　……뭐, 괜찮다고 하니까 만져 볼까.

　그렇게 결심한 나는 손을 수정구에 쭉 뻗었다.

　내 손이 다가갈수록 수정구의 빛과 진동이 강해지고…….

──내 손이 닿기 직전에 빠직, 소리와 함께 수정구가 갈라졌다.

"……뭐?"

……레진 교관의 목소리가 적막해진 길드에 울렸다.

"……이거, 결과는 어떻게 되는 거야?"

수정구의 잔해를 보며 나는 레진 교관에게 물었다.

부서지기 전에 수정구가 매우 빛났지만…… 결국 만지지는 못했으니까.

"그, 수정구가 부서지는 경우는 듣도 보도 못했으니 결과를 물어도 난처한데……. 뭐, 아마도 불량품이었겠지. 아마 똑같은 수정구 재고가 있을 거다. 그걸 가져오겠다."

그런 말과 함께 교관은 길드 안쪽으로 들어가 버렸다.

그리고 잠시 뒤에 조금 전과 비슷해 보이는 수정구를 가지고 돌아왔다.

"좋다. 이건 확인을 마친 신품이니 부서지지 않을 거다. 이걸 만져 보도록."

신품이라면 안심이군.

그렇게 생각하며 나는 수정구에 손을 뻗었다.

하지만…….

"……이거, 위험해 보이는데?"

내 손이 다가가자 수정구는 또다시 빛을 뿜으며 진동하기 시작했다.

조금 전에 부서진 수정구와 완전히 같은 현상이다.

그걸 본 레진 교관은 당황하기 시작했다.

"······미안하군. 역시 만지지 말아 주게. 마력 측정은 포기하지. ······테이머인데 마법을 쓸 수 있다고 하니 설마 싶었는데······ 측정 불능이라니······."

"측정 불능이라니, 전에도 그런 적이 있었어?"

내가 그렇게 묻자 레진 교관이 답했다.

"직접 본 적은 없고, 등록 시험 때 측정 불능이었다는 사례도 들은 적 없지만······『용멸의 매기스』가 측정했을 때 수정구에 금이 갔었다는 이야기라면 들은 적 있다. "

"설마 이 테이머의 마력이『용멸의 매기스』와 같은 레벨이라는 거야?! "

레진 교관의 말에 가장 빨리 반응한 건 내가 아니라 시험을 받으러 온 다른 마법사였다.

아무래도 그『용멸의 매기스』라는 사람은 유명한 사람인가 보다.

"으음. 수정구도 품질이 제각각이니 말이지. 수정구가 깨졌다고 해서『용멸의 매기스』와 같은 레벨이라고는 단언할 수 없다. ······이 반응을 보기에 마력량이 상당하다는 건 틀림없어 보인다만······."

그렇게 말하며 레진 교관은 수정구를 두드렸다.

내 마력은 많은 거였나.

이 세계에 어제 막 온 참이고, 제대로 된 훈련을 받은 것도 아니니 마력은 적은 편일 거라고 생각했는데.

"일단 예상외의 사태는 있었지만…… 이걸로 마력 검사는 끝내겠다. 이어서 전투 시험을 진행한다."

우리는 그렇게 말하며 길드 바깥으로 나서는 교관을 따라 이동했다.

전투 시험이라니, 단숨에 모험가다워졌네.……무기 같은 건 준비하지 않았는데 괜찮으려나.

"저마다 무기는 준비해 왔겠지?"

그렇게 생각했는데 무기를 준비하라는 말을 들었다.

그런 거 가져오지 않았는데.

"안 가져왔는데. 필요해?"

나는 솔직하게 대답했다.

그러자 교관은 어이가 없다는 표정이 되었다.

"마법을 쓰니 지팡이는 당연히 있어야지. 지팡이도 없이 어떻게 쓰겠다는 건가."

"어떻게 쓰냐고 해도…… 그냥 쓰면 되잖아……?"

말하면서 나는 자신의 스테이터스를 확인했다.

요전에 『종언의 업화』로 마이너스가 되었던 마력은 이미 회복되었다.

이제 걱정 없이 마법을 쓸 수 있다.

"……뭐, 지팡이 없이 마법을 쓸 수 있다면 어디 써 보도록.

멀쩡히 쓰긴 어려울 거라 본다만……."

거기서 레진 교관은 일단 말을 끊더니 우리—— 즉, 마법사들을 둘러보았다.

나 이외의 마법사는 다들 지팡이를 들고 온 모양이다.

이유는 잘 모르겠지만 마법사는 보통 지팡이를 쓰는가 보다.

"우선은 마법 시험부터 시작하겠다. 저기 보이는 바위에 자신 있는 공격 마법을 쏘아 보도록. 쏘는 순서는…… 왼쪽부터면 되겠지."

그렇게 말하며 레진 교관은 근처에 있는 커다란 바위를 보았다.

바위에는 마법으로 생긴 듯한 흠집이나 그을린 흔적이 잔뜩 있었다.

나는 오른쪽 끝에 있으니 마법을 쏘는 순서는 마지막이겠군.

이 틈에 어떤 마법을 쓸지 생각해 두자.

……그저 위력이 높을수록 좋다면 『종언의 업화』가 최선이겠지만 그건 선택지에서 빼야겠지.

마력 소모량이 큰 마법이라면 이 뒤의 시험을 보기 어려울 테고…….

여기서는 지금까지 몇 번 써 보았던 『화염구』로 해 두자.

『화염구』는 왠지 초라해 보이니 좀 더 위력이 센 마법을 쓰고 싶은 마음은 들지만 써 본 적 없는 마법을 시험에서 쓰는 건 아무래도 용기가 필요하다.

"다음은 유지 차례다. 지팡이 없이 정말 괜찮겠나? 정말로 마법을 쓸 수 있다면 제대로 지팡이를 준비해 다음에 시험을 보아도 된다만……."

그런 생각을 하는 사이에 내 차례가 된 모양이다.

레진 교관은 여전히 지팡이를 쓰라고 권하지만…… 아마도 그럴 필요는 없을 것이다.

"괜찮아. 지팡이 없어도 마법은 쓸 수 있으니까."

그렇게 말하며 나는 바위 앞에 서서……『화염구』를 쏘았다.

그러자 이전처럼 불 구슬이 바위를 향해 날아가 가벼운 폭발을 일으켰다.

응, 역시 위력은 미묘하네.

약한 마물만 잡는 위력으로는 충분하겠지만.

그런 생각을 하면서 레진 교관을 뒤돌아보자── 어째서인지 레진 교관이 입을 떡 벌리고 나를 보고 있었다.

혹시 무언가 저질러 버린 건가?

그런 걱정이 들어서 나는 긴장하며 레진 교관이 말하길 기다렸다.

그리고 잠시 뒤에 레진 교관이 입을 열었다.

"이봐, 유지."

"왜?"

"지팡이가 없는 건 아직 괜찮아. 위력이 이상한 것도 백 보양보해서 좋다고 치자……. 너, 영창은 어쩐 거야?"

"……뭐?"

영창?

듣고 보니 이세계에 막 왔을 무렵엔 나도 마법명을 외쳤었다
만…….

그게 필요한 건가?

"영창이라니, 『화염구!』하고 외치는 거 말하는 거야?"

"그래, 그 영창 말이다. 방금 영창을 안 한 거 같았는데…….."

"안 했어. 원래 영창을 해야 해?"

"물론이다. 무영창은 고급 기술이고 기본적으로 위력이 떨
어지니까. 숙달된 마법사라면 그렇게 위력이 떨어지지 않는
다지만…… 일반적으로는 영창을 한다."

그렇구나.

교관은 내 마법 위력이 이상하다고 했는데 그 이유를 알았
다.

다른 두 사람의 마법은 딴생각하느라 못 봤지만 분명히 나보
다 강했겠지.

그리고 내 마법 위력이 약했던 건 영창을 하지 않은 게 이유
인 모양이다.

"……알려줘서 고마워. 다시 해도 될까?"

"그래. 마법 실기 시험은 세 번까지 도전할 수 있다. 애초에
그럴 필요는 못 느끼지만…….."

다시 할 필요가 없다고?

……무슨 말을 하는 건지 잘 모르겠지만 일단 다시 해도 된다는 허락은 받은 거 같다.

다시 해 보고 이유를 물어볼까.

"화염구!"

내가 그렇게 말하자 손끝에서 조금 전보다 살짝 커다란 불구슬이 나와 표적으로 삼은 바위에 닿고 폭발했다.

교관이 말한 대로 위력이 올랐다.

다만…… 기대한 만큼 오르지는 않았네.

역시 영창도 나름의 비결이 있는 걸까.

그다지 위력이 오르지 않아 실망 안 했으면 좋겠는데.

이번 시험은 불합격이라니, 그런 힘 빠지는 결과는 아니었으면 한다.

혹시 불합격일 거 같으면 세 번째 도전은 『종언의 업화』를 쓰자.

"무, 무슨 위력이 이래…… 진짜 괴물이냐……."

……어라?

조금 전에 위력이 이상하다고 탄식한 마법이랑 그렇게 다를 거 없는 위력일 텐데.

혹시…….

"이봐, 아까 말한 마법의 위력이 이상하다는 말은 너무 약하다는 의미지?"

"너무 강해서 이상하단 의미다!"

내가 질문하자 곧장 맹렬한 기세로 반발했다.

……『화염구』는 강한 마법이었구나.

이세계에 오고 금방 익힌 거라 약한 마법이라고 생각했다.

뭐, 어디까지나 초보자가 다루는 마법 중에서 강하다는 뜻이고 프로 마법사가 보기에는 별거 아니겠지. 아마도.

"……일단 이 시험은 합격했다고 봐도 될까?"

"그래. ……합격 여부를 따지자면 틀림없이 합격이겠지. 그보다 유지. 넌 대체 지금까지 어떻게 살아온 거지?"

"평범하게 살았는데."

"평범하게 살았는데 어떻게 이런 마법을 쓰냐……."

──그런 대화를 나누며 시험은 다음 단계로 이어졌다.

◇

"다음 시험은 검술이다! 이건 검사와 테이머가 보는 시험인데…… 검은 가져왔겠지?"

그렇게 말하며 레진 교관은 나를 보았다.

다른 검사들은 다들 검을 가져온 모양이다.

마법은 지팡이 없이 쓸 수 있지만 검 없이 검술 시험을 보는 건 무리겠지…….

뭔가 검을 대용할 게 없을까.

그렇게 생각해 나는 자신이 습득한 마법을 확인해 보았다.

그러자 『검 소환』이라는 이름 그대로의 스킬을 찾았다.

"검 소환."

조금 전에 영창을 하는 게 좋다고 배운 참이니 나는 영창을 하며 마법을 사용했다.

그러자…… 내 손에 검이 나타났다.

너무 무겁지도 가볍지도 않은 딱 알맞은 느낌이다.

하지만 검을 휘두르는 방법 같은 건 배운 적이 없으니 책에 쓰여 있던 『검술 강화』라는 마법을 사용하였다.

이건 들키면 부끄러우니 위력이 줄어드는 걸 고려해서라도 무영창으로 썼다.

딱히 마법을 쓰면 안 된다는 말은 못 들었으니 규칙 위반은 아닐 것이다.

그런 준비 과정을 본 레진 교관이 눈을 휘둥그레 떴다.

"……방금, 뭘 한 거지?"

"마법으로 검을 만들었어."

그렇게 말한 나는 지금 막 만든 검을 휘둘렀다.

문제없이 단단해 보이네.

"마법으로 만든 검이라고? 여, 영문을 모르겠군……. 뭐, 일단 검은 준비했다는 거겠지?"

"요컨대 그런 거지."

검집은 같이 만들어지지 않아서 그대로 들고 있을 수밖에 없지만 일단 시험을 치르는 동안은 쓸 수 있겠지.

그렇게 생각하며 다른 검사들이 싸우는 걸 보며 나는 자신의 순서가 오길 기다렸다.

나는 검사가 아니라 테이머이니 순서는 가장 마지막인 모양이다.

"좋다. 첫 번째부터 오도록!"

"좋아!"

그렇게 답하며 첫 번째 검사가 커다란 검을 뽑으며 교관에게 다가갔다.

연습용 검이 아니라 진짜 검을 쓰는구나. 위험하지는 않을까……?

그런 생각을 하며 보고 있었지만 아무래도 괜한 걱정이었던 모양이다.

교관은 위기감이라고는 느껴지지 않게 그 검을 가볍게 흘려 넘기고 수험생 검사의 목덜미에 검을 들이밀었다.

아무래도 실력의 차이가 워낙 크다 보니 위험할 일이 없는 거 같다.

"……힘은 나쁘지 않다만 조절이 아직 미숙하군. ……다음!"

다음 수험생은 작은 검을 쓰는 검사였다.

처음 사람과 달리 몇 번인가 합을 겨룬 다음에 최종적으로 교관이 들이민 칼에 항복한 모양이다.

다만 끝난 다음에 칭찬을 받았으니 꼭 이기지 않더라도 합격할 수 있는 거 같다.

그리고 세 번째도 앞선 두 사람과 비슷한 느낌으로 패배하고…….

마침내 내 차례가 되었다.

"다음은 유지!"

이름을 불려서 나는 조금 전에 만들었던 검을 쥐고 교관 앞으로 나갔다.

물론 검을 정확하게 어떻게 쥐어야 하는지 모르기 때문에 앞선 세 사람과 비슷하게 흉내 내 보았다.

"……어째 검을 쥐는 법이 묘하군. 그런 유파인가?"

……하지만 흉내는 잘되지 않은 모양이다.

"아니야. 유파고 뭐고 난 검술 같은 건 배운 적이 없거든. 대충 쥔 거야."

슬라임들이 협력해 줘서 읽은 책에 검으로 싸우는 방법이 적힌 책도 있었지만…… 검술 같은 건 책으로 읽는다고 몸에 익는 게 아닐 테니까.

기껏해야 『검술 강화』와 스테이터스에 있는 『초월급 전투술』을 믿는 거밖에 방법이 없다.

"……테이머는 검술에 맞지 않는다고는 해도 여차할 때는 써야 할 수도 있다. 테이머로 모험가가 되려는 이상 검술은 필수⋯⋯라고 하고 싶지만 너는 마법을 쓸 수 있었지. 뭐, 됐으니 적당히 덤벼 봐라."

그렇게 말하며 레진 교관을 나를 보며 검을 들고 자세를 잡았다.

자세히 보니 교관의 검은 이가 나간 거 같은데⋯⋯ 내 검은 상당히 날카로워 보인다.

⋯⋯혹시 실수로라도 내가 공격에 성공하면 크게 다칠 거 같다.

무언가 안전 대책이 없을까 싶어 마법을 확인해 보니⋯⋯ 내가 습득한 마법 중에 『검 안전화』라는 이름의 마법이 있다는 걸 알았다.

일단 이거라도 써 두자.

"그럼 시작하겠어!"

"와라!"

나는 『검 안전화』를 발동하며 검을 높게 치든 자세로 레진 교관에서 달려들었다.

일단 높게 들어서 내려치면 위력이 나오겠지 하고 초보자다운 발상이었다.

그 공격을 상대하는 레진 교관은 검을 비껴낼 자세를 잡고 내 공격을 받았다.

그리고 내 검과 레진 교관의 검이 맞부딪치고⋯⋯ 내 검이 비껴나갔다.

교관은 곧장 중심이 무너진 내게 검을 찔러 넣는다.

──다음 순간.

나는 무의식중에 검을 휘둘러 교관의 손에서 검을 날려 버리고── 교관의 목덜미에 내 검을 들이밀었다.

딱히 의도해서 한 행동이 아니다.

내 몸이 마음대로 움직인 거다.

"……뭐라고?"

땅에 떨어진 검과 목덜미에 들이 밀어진 검을 교관은 넋이 나간 채 보고 있다.

무슨 일이 일어났는지 알 수 없다는 표정이다.

그리고 나 역시 당황했다.

이때까지 나는 제대로 검술 훈련 같은 건 해 본 적이 없다.

그러긴커녕 검 자체를 쥐어 본 것도 수학여행에서 기념품으로 목검을 샀던 게 마지막일 거다.

그런데도 어째서인지 이기고 말았다. 완전히 무의식중에.

"저기…… 시험은, 이걸로 끝일까?"

내 말을 듣고 교관은 넋이 나간 채 고개를 끄덕였다.

그리고 잠시 침묵한 다음…… 재차 입을 열었다.

"……일부러 초보자를 가장해 나를 방심하게 한 건가?"

"아니야. 진짜 초보자야. 제대로 금속 검을 쥔 건 오늘이 처음인데."

"그럴 리가 있나! 방금 그 움직임은 누가 봐도 달인의 움직임이었다!"

내 말에 교관은 즉각 반론했다.

그렇게 말해도 말이지, 나는 정말 무의식중에 움직였을 뿐이니까…….

어쩌면 초월 전투술이란 스킬 덕분일지도 몰랐다.

"그럼 다시 한번 해 보겠어? 그러면 이번엔 방심하지 않겠지."

속여서 이겼다고 여겨지면 바라던 바가 아니다.

거기에 실력에 맞지 않는 평가를 받으면 나로서는 벅찬 일을 맡게 될지도 모른다.

본래 실력으로 겨루고 그 결과에 따라 판단해 줬으면 한다.

그렇게 생각해서 한 말이었는데…….

"아니, 그럴 필요는 없다. 방금 움직임을 보면 알 수 있다. 내가 진심으로 상대해도 승산은 만에 하나라도 없겠지. …… 만일 검을 쥔 게 처음이라면 유지는 검술의 신이 환생한 걸지도 모르겠군. 뭐, 경험이 없다는 얘기는 절대로 거짓말이겠지만. 내기해도 좋다."

……우연히 이겼을 뿐인데 이렇게까지 추켜세워도 난처한데…….

혹시 방금 검술을 보고 전투 의뢰라도 하면 정중하게 거절하자.

"……그렇게 됐으니 검술 시험도 끝났는데……. 유지, 넌 이만 가 봐도 좋다."

"뭐?"

어째선지 갑자기 돌아가란 말을 들었는데?

시험 결과는 나쁘지 않았던 거 같은데…… 혹시 뭔가 저질러 버렸나?

무슨 일인가 걱정하며 절망적인 표정을 띠자 레진 교관이 재차 말을 덧붙였다.

"물론 불합격이라는 말이 아니다. 지금까지 본 테스트로 충분히 합격점을 넘겼으니 유지는 이어서 시험을 볼 필요가 없을 뿐이다. ……특별 전형을 노리겠다면 이야기는 달라지겠지만."

……특별 전형?

그런 이야기는 시험을 응시할 때 못 들었는데……. 그런 게 있어?

잘 모르겠으니 물어보자.

"특별 전형은 뭐가 다른 거지?"

"보통이라면 모험가 랭크는 I랭크에서 시작하지만 H랭크부터 시작할 수 있다."

그렇군.

처음부터 높은 랭크로 시작할 수 있다는 건 이득이다.

모험가 랭크 제도 같은 건 잘 모르겠지만 일반적인 방법으로 랭크를 올리려고 하면 시간이 꽤 걸리겠지.

"그럼 시험은 계속해서 보겠어. 특별 전형을 노리고 싶어."

"그……그렇군. 알겠다."

내 대답에 레진 교관은 승낙하면서도 조금 당혹스러운 낌새였다.

그리고 다른 수험생들이 '이 녀석 진짜냐…….' 하고 말하고 싶은 듯한 시선으로 나를 보았다.

혹시 내가 이상한 말을 한 걸까?

"혹시 싫어 그런데 특별 전형이라는 건 드문 거야?"

특별 전형을 노리겠다는 말을 들은 것만으로 놀라는 건 상당히 의외였다.

그러니 우선은 이유를 물어본 건데…….

"드물다라…… 그렇지. 드물다고 하면 물론 드물다. 그보다 내가 본 건 처음이다."

설마, 내가 첫 도전자일 줄은 몰랐다.

뭐, 다른 교관이 담당했을 때 특별 전형을 본 사람이 있을지도 모르지만.

"혹시 터무니없을 만큼 가혹한 시험인 건가?"

"아니, 내용 자체는 일반 시험과 다를 게 없어. 다만 합격점이 비할 바 없을 뿐이지."

합격점이 높은 건가.

그렇다면 응시해도 문제는 없어 보인다.

특별 전형에 합격하지 않아도 일단 모험가가 응시하는 시험 내용은 알아 두고 싶으니까.

"그렇군. 그렇다면 응시해 보겠어. 딱히 추가 비용을 내는 건 아니지?"

"그래. 다만…… 체력적으로 아주 힘들 거다. 전투 관련이라면 유지는 만점이겠지만 다음은 경계 시험이다. 문제 없겠나?"

……전투 시험은 상한이 있는 건가.

그리고 다음으로 볼 경계 시험이라는 게 체력적으로 힘든 모양이다.

하지만 그만둘 마음은 없다.

그런 건 경험해 두는 편이 앞으로 도움이 될 테니까.

"그래, 응시해 보겠어."

내 말을 들은 레진 교관은 끄덕인 다음 목소리를 높였다.

"좋다! 그럼…… 지금부터 자네들은 경계 시험을 볼 것이다! 지금부터 텐트를 분배하겠다!"

그렇게 말하며 나누어 준 건…… 작고 조잡해 보이는 텐트였다.

사람이 안에서 자기엔 너무 낡아 보이니 시험 전용인 걸까.

그런 텐트를 한 사람당 하나씩 나누어 주었다.

"시험은 숲에서 본다! 전원 따라오도록!"

그 말에 따라 우리는 줄줄이 교관을 따라 이동했다.

텐트는 꽤 무거웠지만 스킬 덕분에 체력도 붙은 건지 의외로 지치지 않았다.

그리고 우리가 도착한 곳은 도시 부근의 숲이었다.

"전원 서로가 보이지 않을 정도로 흩어져서 텐트를 쳐라! 시험 내용은 텐트를 지켜내는 거니 지키기 좋은 지형을 고르도록!"

그렇군.

이 텐트를 지켜내야 하는 건가.

지키기 좋은 지형 같은 건 잘 모르니 일단 평지를 찾아야겠군.

그렇게 생각하며 나는 텐트를 준비했다.

그러자 잠시 뒤에 교관의 목소리가 들려왔다.

"좋다! 그럼 지금부터 수험자 제군은 내일 아침까지 저마다의 텐트를 지켜야 한다! 습격자가 몰래 텐트를 노릴 테니 그걸 저지하도록! ……질문은 있나!"

그렇군. 경계 시험이라는 건 그런 거였나.

하지만…… 조금 의문점이 있었다.

"두 가지만 물어도 될까?"

"그래, 뭐지?"

"우선 첫 번째인데, 슬라임을 써도 괜찮아?"

나는 그렇게 말하며 어깨에 올린 슬라임을 가리켰다.

검술과 마법 시험을 치르는 동안 슬라임들은 자고 있었던 모양이지만…… 지금은 일어나 있었다.

때때로 슬라임끼리 잡담하는 목소리가 들렸다.

"물론이다. 테이머이니 써도 좋다. 그 밖에도 무기든 함정이든 쓸 수 있는 수단은 무엇이든 써라. 어떻게든 시험이 끝날 때까지 누구도 텐트를 건드리지 못하게 해야 한다."

슬라임을 써도 되는 건가.

그렇다면 텐트 주변에 슬라임을 잔뜩 배치해서 『감각 공유』 같은 걸 쓰면 사각을 없앨 수 있다.

"알겠어. 그럼 다음 질문인데…… 이 시험이 어딜 봐서 가혹하단 거야?"

그렇다. 신경 쓰인 점은 이 점이다.

마물이 많은 숲도 아니고 시간이 긴 것도 아니다.

이 시험이 가혹하다는 이유가 전혀 짐작되지 않았다.

어쩌면 나는 중요한 조건을 놓친 걸지도 모른다.

그렇게 생각해서 한 질문인데…… 교관의 대답은 생각지도 못한 거였다.

"……어딜 봐도 가혹하잖은가. 오로지 홀로 밤을 지새우며 경계를 해야 한다고? 그동안 내내 집중력을 흐트러뜨려선 안 된다. 모험가 시험 중에서 가장 뚜렷하게 격차가 드러난다고 도 하지."

……밤을 새우는 게 그렇게 가혹해?

"이거, 하룻밤뿐이지?"

"그래. 물론 하루만이다. 며칠이고 밤을 지새웠다간 그야말로 몸이 망가지겠지. ……뭐, 상위 모험가라면 이틀 밤 정도는 밤을 새우기도 한다지만."

……무슨 이런 천국 같은 회사가 다 있어!

모험가 길드는 그렇게 대우가 좋은 곳이었나!

지구에 있던 시절엔 이틀이건 삼일이건 당연하다시피 밤새고 오히려 하룻밤 만에 끝나면 운이 좋다고 생각했는데! 꿈이라면 깨지 말아 줘!

"……그렇군. 알겠어."

"좋다. 그럼 시험을 시작하겠으니 각자 텐트로 돌아가 준비를 시작하도록! 시험은 10분 뒤에 시작하겠다!"

지시대로 우리는 각자 텐트로 돌아갔다.

다른 모험가들은 모닥불을 피우는 등 준비를 시작했지만…… 나는 모닥불은 필요 없을 거 같다.

슬라임은 밤눈이 밝으니까.

"그럼 다들 부탁할게."

〈〈〈〈〈알았어!〉〉〉〉〉

내 지시에 따라 합체해 있던 슬라임들이 분열해 텐트 주위로 흩어졌다.

그다음 나무 위치 등을 확인하며 배치를 미세하게 조절해 사각을 없앴다.

슬라임 감시망의 완성이다.

……그로부터 몇 분 뒤.

"그럼—— 경계 시험, 시작!"

교관의 호령과 함께 시험이 시작되었다.

자…… 어디서든 와라!

"……한가하네……."

시험이 시작되고 몇십 분 뒤.

나는 너무 한가해 주체를 못 하고 있었다.

지구에서는 매일같이 밤을 지새워도 줄어들지 않는 일이 있었는데.

"얘들아, 뭔가 재밌는 건 못 찾았어?"

지루함을 때우려고 나는 슬라임들에게 물어 보았다.

뭐, 슬라임이랑 나는 마법으로 시야를 공유하고 있으니 보고 있는 건 똑같지만.

〈이 잎사귀는 맛있어~! 유지도 먹을래~?〉

아~ 아까부터 시야가 미묘하게 움직이는 슬라임이 있다 싶었는데 잎사귀를 먹고 있었나.

하지만 아쉽게도 나는 뭔지도 모르는 잎사귀를 먹는 취미는 없다. 잎사귀를 추천해 줘도 난처할 뿐이다.

〈이상한 걸 먹고 배탈이 나지 않게 조심해.〉

〈알았어~!〉

……애초에 슬라임은 배탈이 날까?

슬라임들과 실없는 대화를 나누며 나는 시간을 보냈다.

한가하지만 딱히 졸리진 않네.

지구에 있던 시절처럼 이틀이고 사흘이고 밤을 새우지 않았으니까.

──그런 식으로 몇 시간이 지났을 무렵.

상황에 변화가 찾아왔다.

한 슬라임의 시야에 교관의 모습이 비친 것이다.

〈유지~ 누가 왔어~.〉

〈그래. 나도 보고 있어. 위험하지 않다면 각자 자리에서 움직이지 말고 계속 감시해 줘.〉

〈알았어~.〉

슬라임은 사전에 사각이 없도록 배치해 두었다.

효율적인 배치나 지키기 쉬운 장소는 모르겠지만 아무튼 슬라임의 숫자가 많으니 적당히 흩어지게만 해도 감시망이 완성된다.

그 감시망 안에서 교관은 무방비하게 걸어 왔다.

아니지, 때때로 나무들 그늘에 숨거나 자세를 낮춰서 걸으며 들키지 않게 주의하는 거 같은데 슬라임들에겐 다 보였다.

뭐라고 할까…… 안 들키려고 고생하는 모습이 안쓰러워 보인다.

살금살금 여기로 다가오는 교관의 앞으로 내가 앞질러 갔다.

그렇게 교관과 거리가 목소리가 닿을 정도가 된 곳에서…….

"저기, 경계 시험이라는 말은 요컨대 교관을 찾으면 돼? 아니면 실력행사로 쫓아내야 할까?"

그렇게 말하며 검을 내밀었다.

검을 꺼낸 건 딱히 교관을 베려는 의도가 아니다.

그저 필요하다면 싸우겠다는 의사 표명일 뿐이다.

실제로 싸우게 된다면 요전에 운 좋게 잘 풀렸을 뿐인 검술을 쓸 필요도 없이 교관의 뒤에 있는 슬라임을 통해 마법을 전송하면 그만이다.

하지만…… 그럴 필요는 없었던 모양이다.

"아니다, 찾기만 하면 된다. 난처하군…… 이렇게 빨리 들킬 줄은 예상도 못했다. 거기에 모닥불도 피우지 않고…… 어떻게 찾은 거지?"

"슬라임이 찾았어. 여기로 다가왔을 때부터 전부 보고 있었거든."

그렇게 말하며 나는 발 근처에 있던 슬라임을 가리켰다.

역시 몰랐던 모양이네.

하지만…… 감각 공유를 하지 않으면 나 역시 이 슬라임은 못 찾았을 거 같다.

한 개체의 사이즈가 작은 데다가 반투명하니까.

거기다 사람을 발견해도 덮치는 등 눈에 띄는 행동도 하지 않고 그저 묵묵히 감시할 뿐이다.

이런 게 어두운 숲에 잠복해 있는 걸 찾아낸다면 굉장하다고 생각한다.

"진짜냐…… 테이밍 한 마물로 수색을 한다는 이야기는 종종 들었다만, 이렇게까지 빨리 들킨 건 처음이다……."

"뭐, 슬라임은 숫자가 많으니까."

그렇게 말한 나는 기억하고 있던 『조명』 마법을 사용해 주변에 있던 슬라임들을 비추었다.

교관의 시야에 보이는 곳에만 일곱 마리의 슬라임이 있다.

이만큼 있으면 빠져나가는 건 불가능하다.

"……뭐? 유지가 테이밍 한 슬라임은 한 마리가 아니었나?"

"분열하거나 합체하거나 할 수 있거든. 평소엔 한 마리로 합체해 이동하지만 머릿수가 필요할 때는 분열해."

설명과 함께 나는 근처에 있던 슬라임에게 합체하거나 분열하게 지시했다.

그걸 본 교관은 납득한 모양이었다.

"그렇군. 나 역시 슬라임이 합체한다는 이야기는 들어본 적이 있다. 그건 그렇고, 일곱 마리나 동시에 테이밍 하다니…… 마법과 검술만이 아니라 테이머로서도 괴물급이군……."

어째선지 슬라임은 일곱 마리밖에 없다고 착각한 모양이지만…… 좀 더 많다고 말하면 귀찮아질 분위기니 그만두자.

다음부터 슬라임의 숫자는 그다지 밝히지 않는 편이 좋을지도 모르겠다.

그런 생각을 하고 있자 교관이 두 손을 들었다.

"그렇게 됐으니 항복이다. 나는 얌전히 돌아가마."

그렇게 말한 교관은 왔던 길을 되돌아갔다.

슬라임의 감시는 계속 이어지고 있지만 나를 속이고 돌아오지는 않을 거 같다.

……하지만 시험이 끝났다고도 하지 않았으니 감시는 착실하게 계속하자.

◇

그렇게 이어서 몇 시간 뒤── 날이 밝을 무렵.

인간의 주의력이 가장 해이해진다는 시간에 새로운 이변이 일어났다.

슬라임의 시야에 비친 나뭇가지가 무언가가 건드린 것처럼 흔들린 것이다.

그리고 비슷한 흔들림이 점점 다가왔다.

하지만…… 이번 이변은 처음에 교관이 왔을 때와는 전혀 달랐다.

──모습이 보이지 않았다.

"……마법을 쓸 수 있는 이세계라는 건 이런 것도 가능하단 건가……."

『감각 공유』를 통해 슬라임의 시야를 보며 나는 중얼거렸다.

누군가가 있다는 것은 명백하지만 모습은 보이지 않았다.

이건 분명히 마법 같은 거겠지.

뭐, 엄격한 시험이라는 것치고는 처음에 교관은 너무 간단하게 발견했으니까.

어쩌면 이게 진짜였을지도 모른다.

〈마법을 좀 전송할게.〉

〈알겠어~.〉

슬라임의 대답을 듣고 나는 그 기척 부근에 있던 슬라임에게 『섬광』이란 마법을 전송했다.

이것도 이 세계에 왔을 때 읽은 책에 있던 마법 중 하나다.

상대가 쓰고 있는 게 광학위장이라면 강렬한 빛을 비추면 한순간정도는 보이지 않을까 싶었는데…….

"……안 되나……."

아무래도 그렇지 않았던 모양이다.

빛에 놀랐는지 걸음이 일순간 멈췄지만 계속해서 이쪽으로 다가오기 시작했다.

……오히려 경계하게 한 모양인지 상대의 움직임은 지금까지 이상으로 신중해진 거 같다.

일단 빛은 의미가 없다는 걸 알았다.

그렇다면…… 다른 방법으로 보이게끔 만들거나 범위 공격으로 일대를 휩쓸어야 할 거 같다.

하지만 이번 습격자는 적이 아니라 시험관일 테니까 가능하면 상처입히지 않을 공격을 하고 싶다.

……우선 다른 방법으로 볼 수 없을지 확인해 볼까.

예를 들면 온도라든가.

이렇게 다양한 마법이 있으니 열을 감지하거나 서모그래피 같은 마법 정도는 있겠지.

그렇게 생각해 나는 자신의 지식을 찾아보았지만…….

"어라…… 없는데?"

아쉽게도 열을 감지하는 마법은 없었다.

그 대신에 찾은 건…….

"응? 이걸로 만들란 건가?"

『마법 창조』라는 마법이었다.

아무래도 마법은 만들 수 있는 모양이다.

그렇게 생각해 나는 『마법 창조』를 발동했다.

"우와…… 이건 시간이 꽤 걸리겠는데."

척 보기에도 복잡해 보이는 화면이 표시되었다.

쓰인 내용은 어떻게든 이해할 수 있으니 시간을 들이면 쓸 수 있을지도 모르겠지만…… 그 기척이 여기까지 도착하기 전에 완성시키긴 어려울 거 같다.

마법을 만드는 건 나중으로 돌리고 지금 있는 마법으로 어떻게든 해 보자.

〈다들 모여 줘.〉

〈망보는 거, 그만해도 돼~?〉

〈그래. 대신에 텐트에서 5미터 정도 떨어진 곳에 원을 그리고 바깥을 보아 줘.〉

〈알았어~!〉

내 지시에 따라 슬라임들이 소리 없이 모여든다.

〈그럼, 시작하자…… 감지 결계!〉

그렇게 말한 나는 열 감지 대신에 찾은 결계 마법을 썼다.

이건 눈에 보이지 않는 결계를 쳐서 결계에 무언가가 닿으면 금방 알 수 있다는 마법이다.

열 감지 같은 것과는 달리 상대를 직접 볼 수는 없지만…… 상대가 텐트에 다가오면 확실하게 반응한다.

그때 슬라임을 통해 포박 마법을 먹여 주면 된다는 거지.

〈……슬슬 도착하겠네.〉

그 기척이 다가오는 페이스와 내가 있는 곳까지의 거리를 보아 슬슬 도착할 타이밍이다.

그런 생각을 했을 때——『감지 결계』에 반응이 있었다.

〈마법 전송——마력 그물!〉

목소리를 내서 내가 있는 곳을 들키고 싶지 않았기 때문에 슬라임에게 보내는 통신으로 마법명을 외며 나는 마법을 발동했다.

전송할 곳은 반응이 있었던 곳의 바로 앞에 있던 슬라임이다.

"……흠!"

마법이 발동하는 것과 동시에 『감시 결계』의 반응이 있던 곳에서 숨을 삼키는 소리가 들려왔다.

그렇게 눈에 보이지 않는 누군가가 그물에 걸려들었다.

"움직이지 마."

나는 그물을 향해 검을 내밀며 선언했다.

그러자…….

"그래, 졌다. 설마 진짜 들켰을 줄이야."

그렇게 말하며 그물 안에서 한 남자가 모습을 드러냈다.

가느다란 체형에 시원찮은 얼굴의 남자지만…… 어째서인지 박력이 느껴진다.

"우선 그물을 풀어주지 않겠어? 이건 경계 시험이니 싸울 필요는 없거든."

"그래."

대답한 다음 나는 마법을 해제했다.

나는 자신이 무슨 마법을 습득했는지도 다 파악하지 못했는데 마법을 다루는 방법을 알고 있으니 참 신기하다.

그렇게 그물에서 해방된 남자는 난처하단 표정으로 내게 말을 걸어 왔다.

"자기소개가 늦었군. 난 이스다. ……그나저나 곤란하단 말이지……. 윗선에 상담하러 가야겠어."

"윗선에 상담이라니? ……뭔가 트러블이라도 있었어?"

"그래. ……그보다 지금 이렇게 날 붙잡은 거 자체가 트러블

이거든."

　……붙잡은 게, 트러블?

"이건 교관을 찾아내는 시험이 아니었어?"

"어어, 그렇긴 한데. 그렇지만은 않단 말이지. 날 붙잡는 건 시험 내용에 없거든."

"……그 말은 내가 당신을 붙잡지 않아도 시험엔 합격이었 단 거야?"

　나는 뭘 위해서 이래저래 방법을 쥐어짜 이 남자를 잡은 걸까.

　살짝 재밌긴 했지만.

"그런 거야. 그보다 날 붙잡다니 보통은 무리거든? 이래 봬 도 왕년에 난 은폐 기술로는 길드에서도 최정예였어. 숲에서 날 찾아내는 사람은 이 나라에 열 명도 안 된다고?"

　어째 너무 잘 숨는다 싶었더니 그런 사람이었나…….

　잠깐 기다려 봐.

"그럼 뭘 하러 온 거야?"

　나는 머릿속에 떠오른 솔직한 의문을 입 밖으로 꺼냈다.

　거기에 이스는 즉답했다.

"아~ 사실 내 역할은 들키지 않고 텐트에 숨어들어 경계가 얼마나 어려운지 알려주는 거야. 들켜 버렸지만."

"경계가 얼마나 어려운지 알려준다…… 그건 일부러 실패 를 겪게 한다는 건가?"

"그래. 그 말대로야. 경계는 굉장히 심오하지만 단순히 잠만 안 자고 주변을 둘러보면 된다고 생각하는 모험가가 많거든. 그러다 기습을 당해 목숨을 잃는 모험가도 많아. ……그런 걸 막고자 한 번은 실패를 겪게 하는 방침이었는데…… 아무래도 이번엔 필요 없었던 모양이군."

이스는 그렇게 말하더니 나를 손으로 가리켰다.

그렇군. 그런 역할이었단 거군…….

뭔가 붙잡아 버려서 미안한데.

"……방금 일은 없었던 거로 치고 다시 한번 해 보겠어? 이번엔 안 붙잡을게."

그렇게 말하며 난 숲을 가리켰다.

이게 시험에 포함된 게 아니라면 나에게 불이익이 있는 건 아니니.

하지만…….

"아니다, 사양하지."

거절당하고 말았다.

"이 일은 있는 그대로 길드에 보고하겠어. 너의 경계 시험은 만점 수준으로 끝나지 않는 평가를 받을 거야."

……저기, 그건 그거대로 귀찮아질 거 같은데.

적당히 말을 맞춰서 특별 전형만 아슬아슬하게 합격할 수 있을 정도로 조절해 준다면 그게 베스트지만——.

"그렇게 됐으니 난 물러가겠어. 날이 밝기 전에 나머지——

너와 달리 평범한 수험생들에게 경계의 어려움을 알려줘야 하거든."

아쉽게도 그런 논의를 할 여유는 없어 보였다.

내가 마지못해 고개를 끄덕이자 이스는 숲으로 내달려 사라졌다.

은밀 부대의 정예라는 만큼 어둠 속인데도 망설임이라곤 보이지 않는 움직임이었다.

그다음 나는 아침이 되기까지 슬라임의 감시망을 유지해 놓고 누군가가 텐트에 다가오지 않는지 계속 감시했지만 아무도 오지 않았다.

그리고 주변에 환해질 무렵…… 레진 교관의 목소리가 숲에 울렸다.

"시험 종료! 전원 내가 있는 곳으로 모여라!"

그 목소리를 듣고 나는 슬라임들을 합체시켜 어깨에 태운 다음 레진 교관이 있는 곳으로 향했다.

교관 주변엔 나 이외의 수험생들이 모여 있는데…… 다들 눈에서 생기가 느껴지지 않았다.

밤을 새우며 망보는 게 가혹한 시험이라는 평판은 이 세계 기준으로는 정말이었던 모양이다.

"지금 막 길드에서 시험 결과가 도착했다! 여기서 바로 발표할 테니 잘 듣도록!"

그렇게 말하며 교관은 품에서 길드의 도장이 찍힌 몇 장의 종이를 꺼냈다.

　우리는 긴장하며 교관의 움직임을 지켜보았다.

"가장 먼저, 에이지아!"

"옙!"

"불합격이다! 검술은 아슬아슬하게 합격점이었다만 경계 시험이 엉망이었군."

　빠르게도 첫 번째 수험생이 탈락했다.

　에이지아라는 사람은 기억이 맞는다면 가장 처음에 검술 시험을 쳤던 검사였지.

　그 에이지아가 풀 죽을 틈도 없이 교관은 두 장째 종이를 읽었다.

"다음 이시스! ……불합격이다!"

　두 번째도 떨어진 모양이다.

　이 시험…… 꽤 엄격한 모양인데.

　──그런 식으로 합격 발표가 계속해서 이어졌다.

　합격률은 대체로 40퍼센트 정도일까.

　그리고 마지막 내 차례가 돌아왔다.

"마지막! ……유지!"

　그렇게 말한 교관은 다음 종이를 넘기고…… 침묵했다.

　그리고 침묵한 채 종이를 몇 번이고 다시 확인했다.

　──뭔가 이상한 거라도 적혀 있는 걸까.

"……이거, 틀림없겠지?"

그러더니 교관은 근처에 있던 길드 직원에서 물었다.

아마 저 직원이 시험 결과를 전달한 거겠지.

"네, 틀림없습니다! 가져오기 전에 길드에서 체크를 마쳤습니다!"

교관의 말에 길드 직원이 즉답했다.

그걸 듣고 교관은 눈을 끔뻑거리면서도…… 재차 종이를 살핀다.

"유지. 대체 뭘 하면 이런 결과가 되는 거지? ……뭐, 좋다. 유지, 특별 전형 합격! 그리고 동시에 B급 추적자 자격을 부여한다!"

""특별 전형에 B급 추적자?!""

교관의 말을 듣고 수험생 중 몇 명이 깜짝 놀라 큰 소리로 반문했다.

B급…… 별로 대단해 보이지 않는 이름인데, 혹시 유명한 자격인 걸까.

추적이란 단어에서 유추하자면 아마 적을 찾아내는 기술일 테니…… 경계 시험에서 이스를 찾아낸 것과 관계가 있어 보이네.

그런 걸 생각하는 사이에 레진 교관이 의아스럽다는 표정으로 나에게 물었다.

"……유지, 놀라지 않는 건가? 특별 전형 합격에 B급 추적자라고?"

그런 말을 들어도 말이지. 모르는 자격이라고.

"B급 추적자가 뭔데?"

나는 그렇게 솔직한 의문을 꺼냈다.

그러자……

"진짜냐…… 이상하리 만치 강하면서 상식이 없다고는 생각했는데 이 정도일 줄이야……."

그렇게 말하며 레진 교관은 머리를 감쌌다.

B급 추적자라는 건 그렇게 유명한 자격인 걸까.

그런 생각을 하고 있자 교관이 설명해 주었다.

"이봐, B급 추적자라는 건 경계 기술에서는 실질적으로 최고 랭크급 자격이라고. 우리 지부에도 가진 사람은 한 명밖에 없다. ……가지고 있기만 해도 상위 파티가 줄을 서서 영입하려고 드는 자격이지."

……진짜냐.

엄청난 자격을 받아 버렸잖아.

전투 경험이라곤 제로나 다름없는데 강한 파티에 권유를 받아도 난처하기만 한데.

"덧붙이자면 특별 전형 합격자는 15년 만이고 이전 합격자는 지금 S랭크다. 설마 이런 시골 지부에서 합격자가 나올 줄이야……."

……뭔가 터무니없는 결과가 돼 버렸네…….

나는 평범하게 길드에 등록하고 싶었을 뿐인데.

"그럼 이걸로 해산하겠다! 합격자는 건넬 게 있으니 지금부터 길드로 오도록!"

그 말에 따라 우리 합격자는 길드로 향했다.

이미 등록 준비는 마쳤는지 우리는 그대로 접수처로 안내받았다.

특별 전형은 15년 만에 합격이라더니 대응 참 빠르네.

"어디 보자, 유지 씨 맞죠? 합격 축하드립니다!"

"그래, 고마워."

날 맞이해 준 건 길드의 접수 아가씨 중 한 명인 모양이다. 이름표에는 에리스라고 적혀 있다.

아무래도 신인인 모양인지 뒤에는 교육 담당으로 보이는 베테랑 같은 접수원이 붙어 있다.

그 손에는 나에게 주려고 발행한 듯한 길드 카드가 있었다.

"유지 씨는 시험에 합격하셨으니 이제 길드 카드를 드릴 건데요……. 그 전에 간단히 길드의 시스템을 설명할게요."

그렇게 말한 에리스는 책상 밑에서 한 장의 종이를 꺼냈다.

제목은 『신입 모험가에게』라고 적혀 있다.

"잘 아시겠지만 길드에는 랭크 제도가 있습니다! 모험가가 받을 수 있는 의뢰는 자기보다 한 랭크 위까지 가능하니 I랭크 신인은 H랭크 의뢰까지 받을 수 있습니다. 의뢰를 받을 때는 거기에 있는 의뢰서를 가져와 주세요. ──앗!"

그렇게 말한 에리스는 내 길드 카드를 보더니 아차 싶은 표정을 지었다.

그리고 당황하며 정정했다.

"죄송해요! 유지 씨는 특별 전형이니 H랭크부터였어요! 그러니 G랭크까지 받을 수 있어요!"

뭐, 종이에도 신인 모험가는 I랭크부터라고 적혀 있으니까.

굳이 한 명 때문에 설명용 종이까지 다시 만들 정도로 여유롭지는 않겠지.

"그래서 말이죠, 이 랭크라는 건 의뢰에 성공하면 할수록 높아진답니다! 자세한 기준 같은 건 공개하지 않지만 어려운 의뢰…… 높은 랭크의 의뢰일수록 오르기 쉬워요!"

그렇군.

즉, G랭크 의뢰를 잔뜩 받아서 달성하면 랭크를 높일 수 있다는 거구나.

나는 전투 경험 같은 건 없으니까 신중하게 해야겠지만.

"참고로 토벌 의뢰 중에는 직접 의뢰를 받지 않아도 토벌을 증명할 부위를 가져오기만 해도 되는 의뢰도 있답니다. 이런 건 랭크를 받는데 제한은 없지만 자기에게 맞는 랭크의 의뢰를 받길 추천해요. 매년 실력에 맞지 않는 마물에게 도전해 목숨을 잃는 모험가분들이 있으시거든요…….”

그렇게 말하며 에리스는 슬퍼 보이는 표정을 띠었다.

그래. 아무리 제한 없이 의뢰를 받을 수 있다고 해도 무리해서 좋을 건 없지.

자칫 잘못하면 그대로 목숨을 잃을 테니까.

“랭크에 관한 설명은 이상입니다! ……그렇다고는 해도 길드 일로 설명해 드릴 건 랭크 관련 정도뿐이니 설명은 이걸로 끝이에요! 무리하지 않는 범위에서 힘내세요!”

그렇게 말하며 에리스는 내게 길드 카드를 건네줬다.

길드 카드에는 내 이름과 랭크, 그리고 특별 전형 합격자라는 사실과 B급 추적자 자격을 가졌다고 적혀 있다.

다만 직업은 테이머밖에 적혀 있지 않고, 마법 속성란에는 『불』 하나만 적혀 있다.

……뭐, 등록은 됐으니 별로 불만은 없지만.

그렇다는 건 우선 길드 카드도 받았으니 의뢰를 받아 보자.

의뢰는 게시판에 붙어 있으니 받고 싶은 의뢰를 떼서 가져가면 된다는 것 같다.

“어디 보자…… 간단해 보이는 걸로…… 간단해 보이는 거…….”

처음부터 어려운 의뢰를 받을 생각은 없으므로 일단은 간단해 보이는 의뢰를 찾았다.

마침 적당해 보이는 의뢰가 있었다.

상시 의뢰 : 힐리아 풀 채집

랭크 : I

의뢰 내용 : 마을 부근에 자생하는 약초 『힐리아 풀』의 채집.
하나 당 300치콜로 매입함.

약초 채집. 안전해 보이는 의뢰의 정석이군.

의뢰 랭크도 가장 낮은 I랭크이니 처음 받는 의뢰로는 딱이
다.

"이 의뢰를 받고 싶은데."

그렇게 말하며 내가 접수처에 의뢰서를 가져가자 에리스가
깜짝 놀란 표정을 보였다.

"네에?! 유지 씨, 오늘 시험을 치르고 오신 거 맞죠?!"

"맞는데…… 이거, 초보자가 하기에 어려운 의뢰야?"

가장 낮은 랭크의 의뢰이니 그렇게 어렵지 않을 거라 생각했
는데.

하지만 에리스가 신경 쓰인 건 다른 부분이었나 보다.

"아뇨, 이 의뢰는 초보자에게 추천해 드리는데요……. 밤샘

시험을 보신 거죠?"

아, 그 얘기였나.

하지만 밤샘은 익숙하니까.

일하면서 밤새운 것도 아니니 지치지도 않았고.

"밤샘이었지만 괜찮아. 밤새우는 건 익숙하거든."

"밤새우는 게 익숙하다니…… B급 추적자는 역시 굉장하네요……."

꼭 B급 추적자여서 그런 게 아니라 회사에서 노예처럼 부려 먹혀서 그런 건데.

"알겠습니다. 그럼 이걸 접수할게요. 이런 형태의 약초인데 생김새가 비슷한 다른 풀도 있으니 주의해 주세요!"

그렇게 말하며 에리스는 의뢰서의 끝자락에 그려져 있는 그림을 가리켰다.

나는 이런 풀 처음 보는데…….

〈이 잎사귀 알아~!〉

〈맛없는 풀이야~!〉

아무래도 슬라임들은 알고 있는 모양이다.

"그래, 어디에 있는데?"

길드에서 나온 나는 슬라임들에게 물었다.

나는 힐리아 풀이라는 이름과 대충 어떻게 생겼는지 밖에 모른다.

어디에 자라는지 찾는 건 완전히 슬라임에게 맡기자.

《《《《저기야!》》》》

그런 말과 함께…… 내 어깨에 올라타 있던 슬라임이 가시복이나 성게 같아졌다.

온몸 여기저기가 뾰족뾰족 튀어나온 것이다.

아마도 합체한 슬라임이 동시에 저마다의 방향을 가리킨 탓에 이렇게 된 거겠지.

슬라임들은 합체는 해도 의사까지 통일되는 건 아닌 모양이다.

"……요컨대 어디로 가도 된단 말이지?"

〈응! 어디에나 자라 있어!〉

……그렇군.

그럼 적당히 한 방향으로 가 볼까.

그렇게 결론을 내리고 마을을 나섰다.

일단 눈을 감고 제자리에서 몇 바퀴를 돈 다음 적당히 멈췄다.

이렇게 하면 방향은 랜덤이란 거지.

"저쪽에도 약초가 자라지?"

〈응!〉

"그럼 저리로 가 보자."

그렇게 말한 나는 숲속으로 걸어나갔다.

……그리고 몇 분 뒤.

〈찾았어~!〉

슬라임이 힐리아 풀을 찾은 모양이다.

시험 삼아 집어보니 길드에서 보았던 그림에 똑 닮았다.

요컨대 이걸 모으면 된다는 거지.

"좋아, 흩어져서 찾자. 분열해서 각자 힐리아 풀을 찾아 줘! 다만 위험해 보이는 게 있으면 연락하고!"

〈알았어~!〉

그렇게 대답한 슬라임은 숲 깊숙이 들어갔다.

다만…… 금방 발견되진 않는 모양이다.

슬라임은 쪼그매서 보이는 범위가 좁겠지.

할 수 있다면 좀 더 단숨에—— 그렇지.

나는 테이머이니까 내 힘으로 슬라임을 강화하면 되잖아.

딱 좋은 스킬은…… 찾았다.

"테이머 스킬, 인식 강화!"

내가 스킬을 쓰자 숲 여기저기에서 슬라임들의 목소리가 들려왔다.

〈와~!〉

〈왠지 잘 보이게 됐어~!〉

〈맛없는 잎사귀 찾았어~!〉

보아하니 잘 풀린 모양이네.

……근데 살짝 걱정이 드는데.

〈다들 너무 흩어진 거 아니야?〉

이만큼 넓은 범위로 흩어져 버리면 몸을 지키기 어려워질 거 같은데.

　하지만…… 슬라임들은 위기감이 없는 모양이다.

　그보다도.

〈유지~! 마물이야~! 살려줘~!〉

〈……알았어. 마법 전송——화염구!〉

〈마물이 쫓아와~!〉

〈그래그래. 마법 전송——화염구.〉

〈유지~!〉

〈마법 전송, 화염구.〉

◇

〈유.〉

〈마법 전송.〉

이런 식으로 슬라임들은 자기 몸을 지킬 생각도 안 하고 닥치는 대로 나에게 떠넘겼다.

　뭐, 나는 제자리에서 슬라임에게 마법을 전송할 뿐이니 별로 힘든 건 아니지만.

　……이렇게 약초 채집을 시작하고 몇 시간 뒤.

　내 앞에는 슬라임이 모아 온 대량의 힐리아 풀이 산더미처럼 쌓였다.

　"오오, 꽤 모았네! 잘했어!"

　〈와아~!〉

　일단 『감정』이라는 마법으로 확인해 보니 가짜 같은 건 섞이지 않은 모양이다.

　덤으로 도중에 잡은 마물도 가져왔다.

　"대박이네. 다만 앞으로는 자기 몸을 지키는 것도 나한테 다 맡기지 말고 어느 정도는 스스로 숨거나 대응해 줘. 마법 전송도 동시에 전부 다 할 수는 없으니까. 그리고 적이랑 마주칠 거 같으면 빨리 전하고!"

　〈알겠어~!〉

　그래그래. 솔직한 좋은 대답이야.

　"그럼 오늘은 돌아가 볼까. 다들 합체해 줘."

　〈알았어~!〉

　힘차게 대답하며 합체한 슬라임을 어깨에 태우고 나는 마을로 돌아갔다.

　일단 의뢰를 보고해야지.

힐리아 풀 채집 보고는 별 탈 없을 테고, 가능하면 도중에 쓰러뜨린 마물도 맞는 의뢰가 있다면 좋을 텐데.

그런 생각을 하며 나는 길드의 접수처로 갔다.

"의뢰 보고를 하고 싶은데."

"네! 힐리아 풀 채집 의뢰였죠? 얼마나 모아 오셨나요?"

대응해 준 건 길드 카드를 건네주었던 에리스였다.

내가 받은 의뢰까지 기억해 주다니 기억력이 참 좋네.

"……아마 300 정도일 거야."

그렇게 말하며 나는 슬라임이 모아 온 힐리아 풀을 접수대에 꺼냈다.

슬라임 몸에 물건을 수납할 수 있어서 대신에 가지고 있게 했다.

척 보기에도 슬라임의 몸보다 커다란 것을 수납해도 슬라임의 형태는 전혀 변함이 없는 게 신기하지만 편리하니까 좋게 생각하자.

"사……삼백이요?"

"그래. 제대로 센 건 아니라 얼추지만."

"……유지 씨가 이 의뢰를 받은 건 오늘 아침이었죠?"

"아침이었지."

뭐, 엄밀하게 말하면 점심쯤이라고 해야 하겠지만.

내가 길드에 도착했을 때는 이미 해가 꽤 높이 떴으니까.

"……뭔가 이상하지 않나요?"

"별로 이상할 건 없다고 보는데……."

나는 그저 숲에 가서 약초를 채집해 왔을 뿐이다.

그럴 터인데…… 뭔가 이상한 부분이라도 있는 걸까?

"이 숫자는 아무리 그래도 너무 많은데요……. 어디서 사 오신 건가요?"

"아니, 숲에서 따 온 건데."

……양이 너무 많다는 건가.

하긴 신인치고는 너무 많을지도 모르겠다. 슬라임의 협력 덕분이니까.

다만 아무리 슬라임들이 협력했다고는 해도 나는 약초 채집이 처음이다.

약초의 자생지를 자세히 파악하고 있는 베테랑에게는 상대가 안 되겠지.

"다시 보니 이 신선도는 어디서 사 온 약초는 아닌 거 같네요……. 이렇게 신선한 약초를 몇백이나 파는 곳은 없으니까요. ……상태도 엄청 좋아요! 옮기는 과정에 생기는 흠이 전혀 안 보이는데…… 대체 어떻게 가져온 거죠?"

"이렇게 말이지. ……잠깐 이걸 보관해 줘."

〈알았어~.〉

실제로 보여주기 위해 나는 어깨에 태우고 있던 슬라임에게 힐리아 풀은 넘겼다.

그러자 슬라임은 약초를 몸 안에 수납했다.

"다시 꺼내 줘."

〈응~.〉

이어서 슬라임이 다시 꺼낸 힐리아 풀은 에리스에게 건넸다.

그걸 본 에리스는 경악한 표정이었다.

"……슬라임은 그런 것도 할 수 있나요?"

"그래. 다른 슬라임도 할 수 있는지는 모르겠지만 이 녀석은 할 수 있어."

아마도 이건 내 테이머 스킬 『슬라임 수납』 덕분일 테니 다른 사람이 슬라임을 테이밍 해도 이 스킬을 습득하지 않으면 못 쓸 거 같지만.

그런 걸 생각하며 나는 대답했다.

"스, 슬라임은 굉장하네요……. 알겠습니다. 감정할 테니 잠깐 기다려 주세요."

그렇게 말한 에리스는 길드 안으로 들어갔다.

힐리아 풀과 비슷한 다른 식물이 있다고 했었지.

감정이라는 건 그런 풀이 섞이지 않았는지, 상태는 어떤지 등을 확인하는 게 아닐까.

어깨에 태운 슬라임과 이야기하며 기다리길 몇 분 뒤, 에리스가 돌아왔다.

그리고 나를 보더니 흥분한 목소리로 입을 열었다.

"굉장해요! 전부 힐리아 풀이에요!"

"······그게 굉장한 거야?"

힐리아 풀을 가져오라는 의뢰였으니 당연히 다른 풀은 섞지 말아야 하는 거 아닌가?

"굉장하고 말고요! 보통은 절반 정도는 레라이아 풀 같은 게 섞여 있어요!"

······진짜냐.

모험가의 일 처리는 꽤 엉성한가 본데······.

뭐, 나는 『감정』을 써서 확인하긴 했지만 슬라임들은 제대로 힐리아 풀만 모아왔으니 이건 대부분 슬라임의 공로다.

"······그 말은 전부 매입해 준다는 거지?"

"물론이죠! 이 정도 양이라면 여러 차례 의뢰를 달성한 걸로 처리될 테니 랭크업도 머지않았어요! ······다른 H랭크나 G랭크 의뢰를 달성하면 그것만으로 오를지도 몰라요!"

······그렇군. 약초를 잔뜩 가져오면 여러 차례 의뢰를 달성한 걸로 처리해 주는 건가.

추가로 H랭크 의뢰 같은 걸 달성하면 된다는 건데······ 그렇지.

"저기, 그 H랭크나 G랭크 의뢰는 토벌 의뢰여도 돼?"

"물론 문제없는데요······ 무슨 일 있나요?"

"약초 채집하는 도중에 마물을 꽤 잡았거든. 그중에 토벌 대상인 마물이 있을지도 모르겠다 싶어서."

"저기, 마물을 잡아도 토벌 증명 부위가 없으면'의뢰는 달성

되지 않는데요…….”

토벌 증명 부위라.

나는 이 세계에 온 지 얼마 되지 않아서 어느 부위가 토벌 증명 부위인지 모른단 말이지.

뭐, 통째로 가져 왔으니까 이번엔 문제없겠지만.

“적당히 마물을 꺼내 줘.”

〈알았어~.〉

나는 슬라임에게 토벌한 마물을 꺼내게 했다.

처음에 나온 건 작은 체구의 멧돼지 마물이었다.

적을 골라서 해치운 게 아니니 의뢰 대상인 마물이 있으면 좋겠는데.

……그런 생각을 하며 나는 마물을 확인했는데…….

그걸 보고 에리스가 깜짝 놀란 목소리를 냈다.

“자, 잠깐 기다려 주세요! 그거, 어디서 사 온 마물인가요?”

“……내가 잡은 마물인데?”

그걸 듣고 에리스는 안색이 새파래졌다.

“저기…… 혹시나 해서 그런데 유지 씨가 약초를 모아 온 숲은…… 마을 동쪽으로 산이 보이는 곳에 있는 숲은 아니겠죠?”

흐음.

듣고 보니 마을 동쪽으로 나갔던 거 같다.

그다음 적당히 방향을 정해서 갔는데 그러고 보니 걸어가던 방향에 산이 있었던 것도 같다.

"자세히 기억은 안 나는데 그 방향이 맞을 거 같아. ……혹시 들어가면 안 되는 금지구역 같은 곳이야?"

"야, 약초를 채집하러 그런 위험한 곳에 가시다니……."

아~.

거긴 위험한 곳이었구나.

하긴 슬라임이 마물과 마주치는 빈도도 잦았던 거 같다.

강한 마물은 없었지만 밤을 지새운 신인 모험가가 가기엔 위험한 장소일지도 모르겠다.

그런 생각을 하면서도 나는 본래 주제로 이야기를 되돌렸다.

"……그래서 이건 토벌 의뢰 대상이 맞아?"

"네……네! 크래시 보어, 접수 없이 토벌 의뢰가 되는 대상으로 E랭크예요!"

……뭐?

화염구 한 발에 죽은 마물이 G나 H도 아니고 E랭크?

너무 높지 않아?

"저기…… 이게 E랭크 마물이라니 진짜야?"

"네."

……이런 게 E랭크?

드래곤은 말할 것도 없고 내가 마을에 도착하기 전에 잡았던 마물이 더 강했던 거 같은데…….

──아~ 뭔지 알겠다. 숫자구나.

듣고 보니 이 녀석은 숲에서 대량으로 나왔었지.

무리를 짓는 성가신 점을 포함해서 E랭크로 책정한 거겠지.

그렇다면 한 마리만 잡아서는 의뢰를 달성할 수 없겠네.

"……몇 마리를 잡아야 의뢰 1회분으로 처리돼?"

"한 마리인데요?"

……어라?

예상이 빗나가고 말았다.

"그 말은…… 이걸로 랭크가 오르는 거야?"

"저기…… 랭크업의 자세한 기준은 공개하지 않지만 이 정도의 실적이라면 틀림없이 오를 거예요. ……잠시 확인하고 올게요."

그렇게 말한 에리스는 길드 안쪽으로 들어갔다.

그리고 몇 분이 지나 초로의 남성과 함께 돌아왔다.

명찰에는 『지부장 아지에스』라고 적혀 있다.

아무래도 높은 사람 같다.

"……자네가 소문이 자자한 유지인가?"

아지에스는 내 얼굴을 보자마자 그렇게 확인했다.

어디 보자…… 존댓말은 쓰지 말라고 했었지.

"맞아. …… '소문이 자자하다' 는 말은 내 이야기를 들었다는 거야?"

"물론이지. 다른 사람도 아니고 15년 만에 나온 특별 전형 합격자이자, 최단 기간에 B랭크 추적자 자격을 딴 인물이니 모를

리가 없지. 길드의 모험가 정보부에서는 자네 소문이 끊이질 않는다네."

……그런 취급을 받고 있었나.

모험가 정보부란 이름은 처음 들었는데 모험가를 조사하는 부서인 걸까?

"그래…… 몇 가지 확인하고 싶네만 괜찮겠나?"

그렇게 말한 아지에스는 책상에 커다란 둥근 보석 같은 것을 올려두었다.

아마도 마석이 아닐까.

나는 마물을 해체해 본 적이 없지만 마물의 몸 안에는 그런 돌이 들어 있고 마도구 같은 데 쓰인다고 한다.

"그래, 괜찮아."

내가 그렇게 대답하자 지부장이 질문을 시작했다.

"그럼, 첫 번째 질문이네. ……등록 시험 때 사용한 건 자신의 힘과 테이밍 한 슬라임의 힘뿐인가?"

"맞아."

내 대답을 듣더니 지부장은 책상에 올려 둔 마석을 보았다.

하지만 마석에는 별다른 변화가 보이지 않았다.

"다음 질문이네. 오늘 길드에 가져온 힐리아 풀은 직접 채집한 것이며 마물 역시 자네가 혼자 해치운 건가?"

"힐리아 풀은 슬라임이 채집했어. 마물도 슬라임과 협력해서 해치웠고."

역시 마석에 반응은 나타나지 않았다.

그걸 보고…… 지부장은 만족스럽게 끄덕였다.

"그래. 거짓은 없나 보군."

……혹시나 싶었지만 이 마석은 거짓말 탐지기인 모양이다.

굉장하네, 이세계. 질문하는 것만으로도 거짓말인지 아닌지 판별되다니.

"좋네. 랭크 업을 인정하겠네. 등록 첫날에 랭크 G…… 터무니없는 신기록이군."

지부장은 그렇게 말하며 내게 길드 카드를 건네주었다.

랭크란에는 이미 G라고 새로 적힌 거 같다.

"G랭크가 되면 한 사람 몫을 하는 모험가로 인정받은 셈일세. 그런대로 강한 마물의 의뢰도 받을 수 있게 되지만…… 사실 모험가의 사망률이 가장 높은 게 G랭크로 승격한 직후라네. 처음부터 어려운 의뢰를 받으려 하지 말고 간단한 것부터 차근차근히 하길 권하겠어. ……뭐, 이미 E랭크 의뢰까지 달성하였으니 이런 소리도 의미가 없겠지만."

……그렇군.

G랭크가 된 직후에 사망률이 높은 건가.

오늘 E랭크 마물을 쓰러뜨린 건 사실이지만 아직 이세계에 완전히 적응한 건 아니니 나도 신중하게 행동하는 게 좋을 거 같다.

나는 솔로여서 파티랑 달리 서로 지켜 줄 동료도 없으니까.

"충고해 줘서 고마워. 그럼 뭔가 안전한 의뢰를 추천받을 수 있을까?"

그 말에 지부장은 쓴웃음을 지었다.

"그리 강하면서도 무척 신중하군. ……그렇지. 드라이아 꽃의 채집은 어떻겠나?"

"드라이아 꽃?"

"그래. 서쪽 산 깊숙한 곳에 자란다는 꽃이라네. 약재로 쓰이는데 최근에는 영 부족해서 말일세. 약초 채집에 자신이 있다면 그 의뢰를 추천하지. 거리가 머니 시간은 걸리겠지만 동쪽 숲과 달리 위험은 적을 걸세."

그렇군.

요컨대 약초 채집이란 말이지.

"시간이 걸린다니, 어느 정도인데?"

"왕복에 사흘은 걸리겠지. 노숙을 해야겠지만 동쪽 숲보다는 훨씬 안전하니 적은 위험 부담으로 노숙의 연습도 될 걸세. 가능하면 파티를 짜길 권하고 싶네만……."

그 정도라면 딱 좋겠는걸.

이 세계에 오고서 약초 채집밖에 안 하는 기분도 들지만…….

뭐, 지부장이 안전하다고 하니 틀림없겠지.

"그럼 그 의뢰를 받겠어. 파티는…… 같이 다닐 상대가 없으니 고민 좀 해 볼게."

"B급 추적자라면 팀을 짤 상대는 얼마든지 찾을 수 있을 거라 보네만……."

"뭐, 나에겐 슬라임이 있으니까. 파티는 혼자 가기 어려워 보이는 곳에 갈 때 생각할게."

"……알겠네."

이렇게 나는 드라이아 꽃 채집 의뢰를 받고 숙소로 돌아왔다.

아무리 그래도 밤을 새우고서 왕복 사흘이 걸린다는 의뢰를 하러 갈 수는 없으니까.

……드디어 내일부터는 처음으로 제대로 된 모험 의뢰가 시작된다.

아무 탈 없이 달성할 수 있으면 좋겠는데.

"좋아, 이 정도면 되겠지."

다음 날 아침.

나는 드라이아 꽃을 채집하러 출발 준비를 하고 있었다.

이번 의뢰는 힐리아 풀 채집이랑 달리 며칠 걸리는 일이다.

당연히 노숙도 하게 되니 준비를 해야만 한다.

다행히도 텐트와 식료품은 그렇게 비싸지 않아서 금방 조달할 수 있었다.

"얘들아, 이건 수납 용량에 한계가 있어?"

새로 산 텐트를 수납하며 나는 슬라임에게 물었다.

텐트는 1인용이니 그렇게까지 크지 않지만 슬라임보다는 명백하게 크다.

용량에 한계 같은 게 있다면 미리 알아 두고 싶었는데…….

〈음~ 몰라!〉

그렇단 말이지.

모른다면 어쩔 수 없다.

혹시 용량이 부족해진다면 그때 생각하기로 하자.

"그럼 가자."

〈응!〉

그런 대화를 나누며 나는 슬라임과 함께 마을에서 출발했다.

장소는 서쪽 산 정상 부근이라는 모양이니 쭉 가서 산에 오르면 되겠지.

그런데…….

"역시 머네……."

〈머네~.〉

출발하고 잠시 뒤에 나는 슬라임에게 말을 걸었다.

이미 한 시간가량 걸었는데도 산에 다가가고 있다는 느낌이 전혀 안 들었다.

분명히 도보로 사흘이라고 했었지…….

스킬 덕분인지 체력적인 부분은 생각보다 문제없지만 정신적으로 꽤 지친다.

그보다 전혀 가까워지는 거 같지도 않고.

그래서 나는 좋은 아이디어를 떠올렸다.

"얘들아, 이 부근에 마물이 없을까?"

〈모르겠는데…… 왜 그래~?〉

"나는 테이머니까. 뭔가 적당한 마물이 있으면 태워달라고 하려고."

내 스킬은 테이밍이라고 쓰여 있다.

딱히 슬라임으로 대상이 한정된 건 아니니 달릴 수 있는 마물이라도 있다면 그 녀석을 붙잡을 수 있을 거라 생각했다.

〈유지가 탈 수 있을 마물 말이지~ 찾으면 말할게~.〉

"그래, 부탁한다."

그리고 우리는 마물을 찾으면서 산을 향해 나아갔다.

지부장이 '안전한 숲'이라고 한 만큼 마물의 수는 확실히 적어 보이지만…….

찾기 시작하고 30분 정도 지났을 때, 슬라임이 발견을 알렸다.

〈찾았어~! 저쪽에 늑대 같은 마물이 있어!〉

"알겠어!"

드디어 탈것을 찾았다!

그런 생각에 나는 슬라임이 알려준 곳으로 향했다.

하지만…….

"그르르르릉…….'

"뭔가 적대적이네……."

도착한 곳에 있던 늑대 마물은 나를 보더니 곧장 이를 내비치며 으르렁거렸다.

그야 마물이니까 이게 당연하겠지만.

"야, 좀 태워 주라!"

"크르릉!"

나는 말로 평화적인 해결을 시도해 보았지만 늑대 마물은 그

걸 무시하고 덮쳐들었다.

……아무래도 억지로 태우게 해야 할 거 같다.

"잠깐 던질게!"

〈알았어!〉

나는 슬라임의 양해를 구하고 어깨에 올라타 있던 슬라임을 위로 던졌다.

늑대 마물은 슬라임을 무시하고 나에게 덮쳐들었다.

그렇게 슬라임이 마물의 사각으로 들어섰을 때…… 나는 마법을 발동했다.

"마법 전송——마력 그물!"

공중에 떠 있던 슬라임에게서 그물이 쏘아져 늑대 마물을 포획한다.

포획 전용 마법인 만큼 구속력이 상당한 모양인지 그것만으로 늑대 마물은 움직이지 못하게 되었다.

"……검 소환."

나는 마법을 영창해 검을 소환해서 꼼짝달싹 못하게 된 늑대 마물에게 들이밀었다.

그러자…….

"깨애앵, 깨애앵……."

늑대 마물은 처음 보였던 기세는 거짓말이었던 것처럼 애처로운 소리를 냈다.

하지만 무슨 말인지 알 수 없었다.

테이밍 하지 않은 마물이라면 의사소통을 못하는 걸지도 모르겠다.

그렇게 생각했는데 나는 테이머 스킬 『마물 의사 소통』이란 게 있다는 걸 떠올렸다.

이걸 쓰면 테이밍하지 않은 마물의 말도 알아들을 수 있겠지.

그렇게 생각해 나는 마법을 발동했다.

그러자 마물의 목소리가 들렸지만…… 그 내용이 생각 이상으로 한심했다.

"깨애앵, 깨애앵! (살려 줘요! 죽이지 말아요!)"

"딱히 죽일 생각은 없는데, 됐으니까 태워만 준다면…….."

"깽깽! 깨애앵, 멍멍! (죄송해요! 이런 조무래기 주제에 덮쳐서 죄송해요! 죽이지 마세요! 뭐든지 할게요!)"

으음.

너무 한심하다 보니 동료로 삼고 싶은 마음이 사라졌다.

하지만 이 녀석은 일반적인 늑대보다 덩치가 크니 내가 타기에 딱 좋아 보이는데…….

"어어…… 일단 테이밍 해도 될까?"

"멍! (옙! 물론입죠!)"

늑대의 대답과 함께 삐로링 소리가 울리고 알림창이 표시되었다.

『몬스터 프라우드 울프를 테이밍 했습니다.』

프라우드 울프?

번역하면 '긍지 높은 늑대' 라는 의미일 텐데…… 높은 긍지라고는 전혀 느껴지지 않는 건 기분 탓일까.

……뭐, 좋아.

"안 죽일 테니까 일단 저기 보이는 산까지 태워 주겠어?"

〈알겠습니다! 타십쇼!〉

그렇게 대답하며 프라우드 울프는 땅바닥에 넙죽 엎드렸다.

역시 긍지라곤 먼지만큼도 안 느껴지는데…… 일단 이동 수단은 확보했다.

"……제대로 달릴 수 있겠지?"

〈옙! 전 이런 잔챙이지만 일단 마물입다!〉

비굴하네…….

하지만 마물이라는 건 사실이라 날 태우고 달릴 힘은 확실히 있는 거 같았다.

달리는 속도도 내가 걷는 것과는 비할 바가 아니었다.

"이 정도라면 밤이 되기 전에 도착하겠는데. ……이 페이스로 쭉 갈 수 있겠어?"

〈이, 이 정도 속도라면 하루 내내 달려도 여유롭습다!〉

대답하며 프라우드 울프는 살짝 속도를 높였다.

혹시 아직 내 손에 죽는 게 아닐까 걱정하는 걸지도 모르겠다.

"……무리는 하지 말고."

〈아, 알겠습다!〉

그렇게 말하면서도 프라우드 울프는 속도를 떨어뜨리지 않고 산을 향해 나아갔다.

그리고…… 저녁 무렵.

〈도……도착했습니다! 부디 목숨만은…….〉

으음. 역시 죽는 게 아닐지 걱정이었나 보다.

그럴 생각은 전혀 없는데.

"수고했어. ……이다음은 어떻게 할 거야? 돌아가는 길은 다른 마물을 찾으면 되니까 그만 헤어져도 되는데……."

〈아닙다, 따라가겠습니다!〉

"……그 말은 돌아갈 때도 태워 주겠다는 거야?"

〈물론입죠! 유지 씨처럼 강한 사람 곁에 있어야 다른 마물에게 습격당하지도 않을 테니까요!〉

……으음.

변함없이 높은 긍지라곤 눈곱만큼도 느껴지지 않지만 돌아가는 길에도 태워 준다니 그 점은 고마운걸.

"알겠어. 그럼 돌아갈 때도 부탁할게."

그렇게 말하며 나는 슬라임을 어깨에 태우고 프라우드 울프를 대동한 채 걷기 시작했다.

길드에서 들은 얘기 대로라면 드라이아 꽃은 이 부근에 자랄 것이다.

하지만 그럴듯해 보이는 꽃은 보이지 않았다.

평소대로 약초에 빠삭한 슬라임에게 물어볼까.

"얘들아. 드라이아 꽃이 어디에서 자라는지 알겠어?"

〈으음~ 모르겠으니까 물어볼게~!〉

"물어본다고?"

〈응~.〉

그렇게 대답한 슬라임들은 내 어깨에서 내리더니 적당한 크기로 분열해 숲으로 들어갔다.

……그리고 잠시 뒤에 『감각 공유』를 통해 보이는 시야에 슬라임이 비쳤다.

내가 테이밍 한 슬라임이 아니라 모르는 슬라임이다.

물어보겠다고 했는데…… 그 말은 현지에 있는 슬라임에게 물어보겠다는 거였나.

뭐, 슬라임끼리 어떤 소통을 하는지는 잘 모르니 일단은 하고 싶은 대로 하게 두자.

〈안녕~.〉

〈안녕~.〉

우선 인사인가.

슬라임도 인사는 하는구나.

〈유지를 따라와~ 안전하고 좋아~ 밥도 있어~.〉

그런 생각을 했더니 갑자기 권유를 시작했다.

애초에 저 슬라임은 나를 모를 거 아냐.

밥이라고 해도 쓰러뜨린 마물이나 적당히 주변에 자라는 풀을 내키는 대로 먹을 뿐이고.

당연히 거절하──.

〈알았어~.〉

예상 벗어나 어째서인지 오케이를 받았다.

그리고 몇 분이 지나 내 슬라임이 현지의 슬라임을 데리고 돌아왔다.

그리고 슬라임이 시야에 들어온 것과 거의 동시에 띠로링 소리가 들려오고 확인창이 표시되었다.

『몬스터 슬라임을 테이밍 했습니다.』

슬라임, 너무 쉽게 넘어오잖아…….

경계심이 없는 것도 정도가 있어야지.

……뭐, 현지의 협력자를 확보한 건 다행이지만.

"드라이아 꽃이라고 알아? 이렇게 생긴 꽃인데."

그렇게 말하며 나는 땅에 그림을 그렸다.

하지만 나는 그다지 그림이 능숙하지 않아서 비뚤비뚤했다.

어떻게든 전해졌으면 하는데.

〈알아~!〉

……기도가 통했나 보다.

"잘됐다, 어디에 자라는지 알아?"

〈이 부근에 자랐었는데…….〉

"자랐 '었' 는데……?"

어째서 과거형인 걸까.

"혹시 이제 자라지 않는 거야?"

〈응~ 얼마 전에 없어졌어~.〉

……진짜냐.

굳이 이렇게 멀리까지 왔는데 헛걸음이야……?

분명 의뢰를 실패하게 되면 벌금을 내거나 랭크가 오르기 어려워진다고 했었지?

그건…… 안 좋은데.

"그게, 달리 또 자라는 곳은 없어?"

〈으음~ ……있었지만, 없어져 버렸어~.〉

……전멸인가.

이상 기후라도 있었던 걸까.

그런 생각을 하고 있자 또 한 마리의 슬라임이 이곳에 사는 슬라임을 데리고 돌아왔다.

마찬가지로 이미 설득은 끝마쳤는지 시야에 들어오자마자

테이밍이 완료되었다.

……그런 식으로 차례차례 간단히 나에게 넘어온 슬라임들이 모여들었다.

대부분의 슬라임은 드라이아 꽃이 어디에 자라는지 몰랐지만…….

아무래도 포기해야겠다 싶었을 때 새로 합류한 슬라임 한 마리가 흥미로운 이야기를 했다.

〈앗, 드라이아 꽃이 없어진 이유를 알아~!〉

"……이유를 안다고?"

〈응~! 드라이어드 만나러 갈래~?〉

……드라이어드?

드라이아 꽃이랑 비슷한 이름인데…… 드라이아 꽃이랑 관계가 있는 사람인 걸까?

〈여기야, 여기~.〉

슬라임 한 마리가 앞장서며 안내해 주는 대로 나는 산길을 나아갔다.

뭐랄까, 복잡하고 주변 파악이 어려운 길이다.

그렇게 도달한 곳은 나무의 뿌리 부근에 있는 동굴로, 식물에 둘러싸인 듯한 장소였다.

안내가 없었다면 찾아내지 못했겠지.

안에는—— 소녀가 있었다.

나이는 15세 정도일까.

덧없는 분위기의 외모는 아름답지만…… 어째서인지 안색이 무척 나빴다.

그리고 소녀에게서는 어딘가 사람과는 동떨어진 듯한 분위기가 느껴졌다.

입고 있는 옷도 인공물 같은 느낌이 안 들었다.

혹시 사람과 같은 모습의 마물인 걸까?

〈드라이어드~ 살아 있어~?〉

〈응…… 어떻게든 살아 있어…….〉

슬라임의 말을 듣고 소녀가 힘없이 대답했다.

인간의 말은 아닌 거 같지만 긍지 높은 늑대랑 대화할 때 사용한 『마물 의사 소통』의 덕분인지 의미는 이해할 수 있었다.

아무래도 안색이 나쁜 건 기분 탓이 아니었던 모양이다.

〈그래도 여기까지 오다니 드문 일이네. 무슨 일 있었니?〉

〈응~ 도와줄 거 같은 사람이 있어서 데려왔어~.〉

〈유지라고 해~.〉

그렇게 말하며 슬라임은 나를 보았다.

들어오라는 말인 걸까.

그렇게 판단해 나는 슬라임과 소녀가 있는 곳으로 들어갔다.

〈히익…… 이, 인간?!〉

소녀는 나를 보더니 두려워하듯이 어깨를 움츠렸다.

아무래도 인간이 무서운 모양이다.

〈이 사람, 무서운 사람 아니야~ 착한 사람이야~.〉

〈엄청 강하고 지켜 줘~.〉

〈말도 통해!〉

무서워하는 소녀를 슬라임들이 설득했다.

나는…… 지금은 성급히 말하지 않는 게 좋을 거 같다.

그렇게 몇 분 뒤.

〈저기…… 인간님? 도와주는 거예요?〉

소녀는 조심스럽게 내게 말을 걸었다.

아무래도 나는 무섭지 않은 인간이라고 인정받은 모양이다.

"어…… 우선 나는 무슨 일인지 전혀 모르는데……."

나는 본래 드라이아 꽃이라는 걸 채집하러 왔을 뿐이니까.

갑자기 도와달라고 해도 뭘 하면 되는지 모른다.

그렇게 생각하고 있자니 슬라임이 내게 말을 걸었다.

〈나쁜 인간이 숲에 이상한 물건을 두고 가서 숲이 기운을 잃어 버렸어~ 드라이어드는 숲의 정령이니까 그 때문에 마력이 없어져서 약해진 거야~.〉

슬라임의 말에 소녀가 고개를 끄덕였다.

……그렇군.

소녀(드라이어드라는 모양이다)는 숲의 정령이었구나.

꽃을 찾으러 땅만 보고 있어서 잘 의식하지 못했었는데……

듣고 보니까 확실히 숲의 나무들이 활력이 없어 보였던 거 같다.

"그러니까 나는 그 '이상한 물건'을 부수거나 없애면 된다는 거지? 그리고 마력을 보급해 주면 된단 건데……."

그렇게 말하며 나는 습득한 마법을 살펴보았다.

그러자 『마력 양도』라는 딱 알맞은 마법을 찾았다.

아무래도 내가 접촉한 상대에게 마력을 전달하는 마법 같다.

그렇다고는 해도 내가 직접 만지려고 하면 무서워할 수 있으니…….

"잠깐 드라이어드에게 붙어 있어 볼래?"

〈알겠어~.〉

슬라임 한 마리를 드라이어드가 만지게 했다.

그다음 나는 마법을 발동했다.

"마법 전송―― 마력 양도."

마법을 발동한 것과 동시에 내 스테이터스에 적힌 MP가 줄어들기 시작했다.

잠시 뒤에 내 MP가 절반 정도가 되자 MP가 줄어드는 게 멈췄다.

그러자 드라이어드가 고개를 갸웃거렸다.

〈왠지 몸이 가벼워……. 인간님, 마력 양도라고 했는데 혹시…….〉

"맞아. 마력이 부족하다고 했으니까 슬라임을 통해서 내 마력을 넘겨 준 거야. ……몸은 좀 좋아졌어?"

〈응! 고마워!〉

그렇게 말하며 드라이어드가 웃었다.

아무래도 잘 풀린 모양이다.

"그럼 우선 '나쁜 인간이 놓고 간 물건'이란 게 있는 곳으로 가 보자. 결국 그걸 어떻게든 하지 않으면 근본적인 해결은 안 되는 거지?"

〈응!〉

힘차게 대답하며 드라이어드는 내 옆을 지나서 동굴을 나섰다.

아무래도 방금 쓴 『마력 양도』로 나에 대한 경계심이 풀린 모양이다.

그리고 잠시 뒤에 나는 숲에서 특히 더 피해가 커서 황량해진 장소에 도착했다.

아니지, 숲이라는 표현은 잘못됐을지도 모르겠다.

그럴 것이 주위에 있는 수풀이란 수풀은 전부 메말라서 황무지같이 변한 곳이었다.

그 중심에—— 검고 커다란 마석 같은 게 놓여 있었다.

요컨대 저것을 적당히 다른 곳으로 옮겨다 버리거나 파괴하면 된다는 거구나.

그렇게 결론을 낸 나는 마석에 다가가 들어보았다.

〈앗, 기다려!〉

"응?"

내가 마석을 든 순간 드라이어드가 소리를 질렀다.

……뭔가 문제라도 있는 걸까?

그런 생각을 하는데…… 내가 들어 올린 마석을 보고 드라이어드가 당혹스럽게 중얼거렸다.

〈어, 어떻게 만질 수 있는 거야……?〉

"……어떻게 만질 수 있냐니, 무슨 말이야?"

나는 대답하며 손에 든 마석을 살펴보았다.

응, 문제없이 만지고 있고 들어 올렸는데.

〈저기…… 슬라임이 그랬는데, 그걸 만지면 죽는다고 인간이 그랬대…….〉

"……그런 거야?"

내 질문에 오늘 동료가 된 슬라임이 대답했다.

〈말했었어~.〉

〈들고 온 인간들은 막대기에 붙여서 왔어~.〉

〈저기에 떨어져 있는 막대기야~. 일주일 정도 전인가~?〉

그렇게 말한 슬라임은 지면에 떨어진 목제 봉을 가리켰다.

하지만 그 봉은 어딜 보아도 일주일 전에 썼다고는 생각되지 않았다.

버려진 지 일 년은 더 넘었다고 해도 의심하지 않을 만큼 썩어 있었다. 특히 한쪽 끝이 심각한 상태였다.

끝부분에 고정용 금속이 붙어 있었던 거 같은 흔적이 아슬아슬하게 남아 있지만…… 살짝만 건드려도 부서질 거 같다.

혹시 저기에 마석을 고정했었던 걸까.

"어라……? 혹시 나는 굉장히 위험한 걸 만진 거야?"

살짝 걱정되어서 나는 일단 마석을 땅에 놓았다.

하지만 스테이터스에 별다른 이상은 없었다.

"저기…… 왜 죽는 건지 알아?"

〈몰라~.〉

내 질문에 슬라임들은 고개를 저었다.

대신에 드라이어드가 입을 열었다.

〈아마도 그 마석에 담긴 저주 때문이 아닐까? 그렇다면 유지는 안 죽을 거야.〉

"저주?"

〈응, 내 마력 용량은 보통 사람이랑은 비교되지 않을 만큼 커다란걸. 그런 날 회복할 수 있을 정도로 마력이 있다면 살짝 저주를 받아도 옅어져서 별다른 영향은 없을지도 몰라. 저주도 일종의 마력이니까.〉

……그렇군.

저주도 일종의 마력이구나.

〈참고로 날 회복했을 때 유지는 마력을 얼마나 쓴 거야? 가진 마력의 100분의 1 정도?〉

"어어…… 절반 정도였어."

〈절반이란 건…… 마력이 다 찬 상태여도 나의 두 배라는 거야? 그 정도라면 저주는 완전히 옅어지지 않을 텐데…… 거짓

말은 아니지?〉

"거짓말 아니야."

거짓말을 할 이유도 없으니까.

······아. 하지만 마력에 관해서 한 가지 신경 쓰이는 점이 있었지.

"그러고 보니 전에 마력을 썼을 때 마력이 마이너스가 된 적이 있었어. 마력이라는 건 원래 그런 거야?"

내 말을 듣고 드라이어드가 신기한 걸 본 듯한 표정이 되었다.

〈마력이 마이너스? 그럴 리가 없을 텐데······. 있을 수 없는 일이라면 나보다도 마력이 많은 인간이 있는 것부터가 있을 수 없지만······.〉

그렇게 말하며 드라이어드는 살짝 고민했지만······ 금방 활짝 웃으며 말했다.

〈응, 모르겠어! 유지는 참 신기하네!〉

······그렇군.

일단 MP가 마이너스가 되는 게 일반적이지 않다는 것만큼은 알겠다.

그거랑 가능하면 이 마석은 안 만지는 게 좋다는 것도.

"좋아, 마력 이야기는 일단 제쳐놓자. 문제는 이 마석을 어떻게 처분할까인데······. 이렇게 위험한 걸 가져갈 수도 없겠지?"

〈응. 그보다 이런 걸 들고 숲에서 이동하면 나무들이 전부 메말라 버려!〉

그렇겠지.

그렇다면…….

"역시 지금 여기서 파괴할 수밖에 없겠네. ——검 소환."

나는 마법을 써서 검을 불러내 손에 쥐었다.

그리고 단숨에 마석에 내려쳤지만——.

"……어라?"

마석에 닿는 것과 거의 동시에 검이 부러져 버렸다.

잇달아 후두둑 무너지듯이 검이 사라졌다.

……그렇군. 이게 저주의 힘이구나.

나도 참 용케 이런 걸 맨손으로 잡았구나.

"이건…… 좀 더 출력이 높은 마법으로 단숨에 날려 버려야겠네. 하지만 숲에 이 이상 피해를 내고 싶지는 않은데……."

다른 일반 숲이라면 『종언의 업화』든 뭐든 써서 날려 버리면 되겠지만 여기는 드라이어드의 숲이다.

이 마석을 부수겠다고 숲을 몽땅 불살라 버리기라도 하면 본말전도니까.

잠깐 생각해 본 끝에 나는 마석 주위를 둘러싸듯이 지면에 원을 그렸다.

"좋아. 다들, 이 선을 따라서 마석을 둘러싸 줘!"

〈〈〈〈알았어~!〉〉〉〉

내 말에 따라 슬라임들이 원을 그려 마석을 둘러쌌다.

반경은 대략 5미터 정도일까.

이 정도 거리라면 실수로 마석에 닿는 일도 없겠지.

그걸 확인한 다음 나는 습득한 마법을 두 가지 더 발동했다.

"마법 전송—— 대마법 결계!"

"마법 전송—— 대물리 결계!"

전부 슬라임들에게 전송한다.

이걸로 마석 주위는 몇 겹의 결계로 덮였다.

——즉, 다소 강력한 마법을 사용해도 이 안이라면 피해가 나오지 않는다는 거다.

"어디…… 해 볼까. 종언의 업화는 마력 소모가 너무 심하니까 그만두고…… 그럭저럭 위력이 높으면서도 결계 안에서 정리될 마법은…….."

나는 그렇게 말하며 습득한 마법을 찾아보았다.

그러자……『극멸의 업화』라는 마법을 찾았다.

아무래도『종언의 업화』보다 범위를 좁히고 위력도 낮춘 마법 같다.

뭐,『종언의 업화』랑 비교하면 상당히 약한 마법이라고 책에도 적혀 있었으니 아마 괜찮겠지.

"……극멸의 업화."

그러자 한순간에 결계 내부가 불길에 휩싸였다.

몇 겹이나 결계를 펼쳐 둔 덕분에 결계 바깥에 피해가 끼치진 않았지만 그래도 상당한 열기가 전해졌다.

결계도 빠지직거리는 소리를 내며 흔들리고 있고, 부서지지 않을지 걱정될 정도다.

〈끄아악~!〉

〈엄청 타고 있어~!〉

〈처, 처음부터 너무 강하지 않아?! 처음 보는 마법이지만…… 드래곤도 쓰러뜨릴 위력인데?!〉

슬라임들과 드라이어드는 갑자기 나타난 불꽃에 놀란 모양이다.

……응. 솔직히 『종언의 업화』보다 '상당히 약한 마법' 인데 이 정도 수준일 거라고는 생각지 못했다.

『종언의 업화』는 역시 엄청 위험한 마법이었구나…….

"아…… 미안해. 이 마법은 처음 써 봤거든. 그래서 위력을 몰랐어."

〈처음 쓰는데 이런 위력이야?!〉

"처음 써 봤지만 책으로 읽었거든. 마력 소모가 많으니 한 번 더 쓰고 싶진 않은데."

대답하며 나는 자신의 스테이터스를 보았다.

유지

직업:테이머, 현자

스킬:테이밍, 빛 마법, 어둠 마법, 불 마법, 물 마법, 흙 마법,

　　　전기 마법, 바람 마법, 시공간 마법, 특수 마법, 대마법,

사역 마법, 부여 마법, 가공 마법, 초월급 전투술

속성 : 없음

HP : 312/312

MP : -15/1820

상태 이상 : 마력 초과 사용

　조금이지만 마력이 마이너스가 되고 말았다.

　HP가 줄어들지는 않았으니 이 정도의 MP 소모라면 대미지를 입을 정도는 아닌 거겠지.

　드라이어드가 말하기로는 MP가 마이너스가 되는 것 자체가 일반적이지 않은 모양이지만.

　"……뭐, 아마 또 써야 필요는 없—— 응?"

　드라이어드와 이야기하는 사이에 연기가 걷혔다.

　결계 내부는 땅이 새빨갛게 달궈지고 본래 있던 바위는 소멸해 보이지도 않는 등 상당히 눈에 띄게 지형이 변해 있었다.

　그런 상황 속에—— 마석만큼은 흠 하나 없었다.

　"진짜냐……."

　〈저만큼 강력한 저주라면 그 자체로 방벽 같은 효과가 있거든…….〉

　일단 화염계 마법은 효과가 없다고 보아야 할 거 같다.

　아직 MP는 쓸 수 있을 거 같으니 다른 마법을 시험해 보자.

"어디, 파괴하는 데 적합한 마법은……."

결계 안에 들어가 마법을 쓰면 나까지 휩쓸릴 가능성이 크니 원거리 공격을 할 수 있는 마법이 좋겠지.

마석은 상당히 튼튼해 보이니…… 그걸 물리적으로 부수는 마법이 좋겠는데.

고민하며 마법을 찾아보니 딱 알맞은 게 보였다.

"마석 파괴."

이번엔 결계 전체가 『종언의 업화』에 휘말린 듯한 화려한 연출은 없었다.

다만 날카로운 소리와 함께 마석 주변의 바위와 지면이 파괴되었다.

하지만──.

"이걸로도 부서지지 않는구나."

〈바위가 산산조각이 난 걸 보면 위력은 충분했던 거 같은데……. 역시 저주를 뚫지 못했나 봐…….〉

역시 저주가 문제인 모양이다.

"……잘 생각해 보니 문제는 저주니까 부수지 말고 저주를 풀면 되는 거 아냐?"

〈약한 저주라면 풀 수 있겠지만…… 이만큼 강력한 저주를 풀었다는 이야기는 들어보지 못했어……. 마석째로 부수는 편이 간단할 거야!〉

그렇군.

가장 자연스러운 선택지인데 지금까지 언급하지 않았던 건 그런 이유였나.

"하지만 『극멸의 업화』보다도 강력한 마법을 쓰려고 하면 아마 결계가 버텨내질 못할 거야……. 저주 해제 마법을 쓰면 조금은 약해지지 않을까?"

그렇게 말하며 나는 습득한 마법 중에서 저주를 푸는데 쓸만 한 마법을 찾아보았다.

그러자 『저주 해제』, 『저주 해제(강)』, 『저주 해제(극)』이란 마법을 찾았다.

그 밖에도 저주를 푸는 마법은 여러 가지 있는 모양이지만 이게 가장 무난해 보인다.

"어디 보자…… 가까이 다가가지 않으면 못 쓰나 보네."

나는 마석에 다가가기 위해 물 마법으로 결계 내부를 식힌 다음 결계 안으로 들어갔다.

그리고 마석에 아슬아슬하게 닿지 않을 정도의 거리까지 손을 뻗었다.

어느 마법을 써야 할지 모르겠지만…… 일단 약한 것부터 순서대로 써 보면 되겠지.

"저주 해제."

그러자…… 새카맣던 마석이 모서리부터 점점 하얗게 변했다.

〈어어?! 저주가 풀리는 거야?!〉

마석의 변화를 보고 드라이어드가 경악한 목소리를 냈다.

그리고 하얗게 변한 곳부터 마석에 금이 가더니── 끝내는 산산이 부서졌다.

"아무래도 부수는 데 성공한 모양이야."

그렇게 말하며 나는 결계를 해제하려고 했다.

하지만── 다음 순간, 드라이어드가 외쳤다.

〈유지, 조심해! 파편의 낌새가 왠지 이상해!〉

"파편?"

드라이어드의 말을 듣고 나는 주변에 흩뿌려진 파편에 시선을 돌렸다.

그러자── 마석 주변에 검은 연기 같은 게 뭉게뭉게 모여드는 게 보였다.

그 연기는 점점 실체화되더니── 검은 마물의 형태로 변했다.

그것도 열 마리나 스무 마리 정도가 아니다.

산산조각이 난 파편 하나하나가 전부 마물로 실체화되어 그 수는 수백은 가뿐히 넘어 보였다.

"진짜냐…… 아무리 그래도 너무 많잖아?"

중얼거리며 결계 안에서 벗어난 나는 주변 상황을 확인했다.

결계 덕분에 당장은 마물이 모두 갇힌 거 같았다.

하지만 그 결계도 『극멸의 업화』로 인해 손상된 탓인지 위험한 느낌으로 흔들리거나 진동하고 있었다.

새로 펼치지 않으면 곧 부서질 거 같았다.

슬라임들은…… 처음 원형으로 배치한 그대로 유지하고 있구나.

그렇다면 새로 펼치는 건 간단하겠지.

"마법을 전송할게! 그 자리를 그대로 지켜 줘!"

〈〈〈알았어~!〉〉〉

나는 슬라임들이 처음 배치대로 그대로 있는 걸 확인하고 마법을 발동했다.

"마법 전송── 대물리 결계!"

우선 대물리 결계를 새로 펼쳐 마물을 결계 내부에 확실히 가둬 놓는다.

"마법 전송── 대마법 결계!"

잇달아 대마법 결계도 다시 펼친다.

그리고──.

"극멸의 업화!"

소각 처분이다.

마석을 상대로는 효과가 없었지만 이번에는 결계에 가둔 마물이 상대니까. 『극멸의 업화』는 그런대로 마력을 소모하지만 좁은 범위에 갇힌 마물을 박멸하기에는 편리한 마법이라고 생각한다.

──그 뒤로 조금 지나, 결계 내부에 연기가 걷혔다.

조금 전까지 있던 마물은 흔적도 없이 사라져, 그곳에는 완전히 새하얘진 마석만이 떨어져 있었다.

하얗게 변한 마석에서 마물이 나올 낌새는 없었다.

〈그, 그만한 수를 한순간에…….〉

"괜찮은 콤보였지? ……뭐, 마력 소모는 역시 컸지만."

그렇게 말하며 나는 MP를 확인했다.

유지

직업:테이머, 현자

스킬:테이밍, 빛 마법, 어둠 마법, 불 마법, 물 마법, 흙 마법,
　　　전기 마법, 바람 마법, 시공간 마법, 특수 마법, 대마법,
　　　사역 마법, 부여 마법, 가공 마법, 초월급 전투술

속성:없음

HP:320/321

MP:−1740/1820

상태 이상 : 마력 초과 사용

MP가 마이너스로 상당히 떨어지고 말았다.

하지만 HP는 거의 줄지 않았으니 이 정도 마이너스라면 크게 문제가 되진 않는 모양이다.

『종언의 업화』때 MP가 마이너스 20만가량 되었지만 죽거

나 후유증이 남지는 않았으니까.

……뭐, MP가 마이너스가 되는 건 일반적이지 않은 상태라고 하니 가능하면 앞으로 마이너스가 되는 건 피하고 싶지만.

"일단 저주받은 마석은 이걸로 처리된 거겠지. 마석이 있던 장소를 꽤 심하게 파괴해 버렸는데……. 이거, 고쳐야 할까?"

그렇게 말하며 나는 결계를 보았다.

결계 바깥은 아무 탈도 없었지만 결계 안쪽은 유리처럼 갈라지거나 용암이 되는 등 심각한 상태였다.

용암이 된 곳은 물을 끼얹어 식혀 보았지만 한동안 나무 같은 건 자라기 어려울 거 같다.

드라이어드로서는 받아들이기 괴로운 상황이 아닐까.

〈이 정도 범위라면 전혀 문제없어! 그 마석만 없다면 가만히 두어도 나무가 자라고 숲으로 돌아올 거야.〉

〈맞아~!〉

……내 생각과 달리 별로 문젯거리가 되지 않는 모양이다.

뭐, 숲은 넓으니까.

마석만 없다면 어떻게든 되나 보다.

"그렇다면 다행이네."

그런 대화를 나누다가—— 나는 본래 목적을 떠올렸다.

나는 여기에 '드라이아 꽃'을 채집하러 온 거였지.

꽃이 없다면 어쩔 수 없지만 드라이어드에게 물어보면 무언가 알지도 모른다.

"혹시 드라이아 꽃이라고 알아?"

〈알아! 내가 영역으로 삼은 숲에 자생하는 풀이거든. ……드라이아 꽃은 왜?〉

그렇군. 드라이어드의 영역에서 자생하는 꽃이었구나.

내가 왔을 때는 드라이어드가 힘이 없어서 자라지 못했던 걸지도 모르겠다.

그렇다면 어딘가 다른 곳에서 자랐을 가능성도 적겠는데.

"나는 본래 그 꽃을 채집하는 의뢰를 받고 이 숲에 왔거든. 지금은 없다고 들었는데……."

〈아~ 그랬구나! 알겠어. 한번 해 볼게.〉

내 질문을 듣더니 드라이어드가 대답했다.

"해 본다고?"

〈응. 쓸 곳도 없으니 의식해서 자라게 한 적은 없지만…….〉

그렇게 말하며 드라이어드는 눈을 감았다.

그리고——.

〈에잇!〉

드라이어드의 사랑스러운 목소리와 함께 지면에서 수많은 풀이 자라났다.

그 풀은 급속도로 성장하여—— 1분도 지나지 않아 꽃이 만발했다.

그 꽃은 길드에서 본 기억이 있었다. ——그보다.

"드라이아 꽃! ……이거, 채집해도 괜찮아?"

내 말에 드라이어드가 끄덕였다.

〈응! 유지는 생명의 은인인걸. 얼마든지 자라게 할게!〉

그렇게 말하며 드라이어드는 주변에 점점 더 드라이아 꽃을 피웠다.

실패했다고 생각한 의뢰는 대성공으로 끝날 모양이다.

"……좋아. 이 정도면 되겠지."

마석에서 나온 마물을 쓸어 버리고 약 한 시간 뒤.

나는 대량으로 모은 드라이아 꽃을 보며 만족스럽게 끄덕였다.

의뢰 내용에서는 채집하는 양을 지정하지 않았지만 이 정도면 부족하지 않겠지.

〈잔뜩 모았네~!〉

〈드라이어드, 고마워~!〉

〈나야말로 도와줘서 고마워! 또 꽃이 필요하면 언제든 불러 줘!〉

"그래, 비슷한 의뢰가 있으면 또 부탁할지도 몰라."

나는 슬라임들에게 드라이아 꽃을 수납하게 하며 드라이어드랑 이야기했다.

그때 나는—— 드라이어드의 말에서 살짝 신경 쓰이는 부분이 있다는 걸 깨달았다.

"언제든지 불러달라니…… 내가 찾아오는 게 아니고?"

〈음…… 찾아와도 좋지만…… 나는 나무가 있는 곳이라면 대체로 어디든지 갈 수 있으니 부르는 편이 빠를걸? 너무 오랫동안 영역에서 벗어나면 허약해지지만 아까처럼 마력을 받으면 괜찮기도 하구."

그렇게 말하며 드라이어드는 지면에 녹아들 듯이 사라지더니 살짝 떨어진 곳에서 나타났다.

……순간 이동 같은 건가. 편리하네.

"그럼 연락책으로 테이밍 한 마물을 놓아두면 되겠네. 여기에 남고 싶은 슬라임은 손을 들어 줘."

그렇게 나는 근처에 흩어져 있는 슬라임들을 둘러보았다.

그러자 본래 이 숲에 있던 슬라임 중에 몇 마리가 손(?)을 들었다.

"좋아, 그럼 지금 손을 든 슬라임은 드라이어드 곁에 남아 줘."

〈알겠어~!〉

이걸로 드라이어드 쪽 문제는 해결되겠지.

『테이머 스킬 의사 소통』은 떨어져 있어도 연결되고, 혹시 무슨 일이 있다면 『마법 전송』 같은 걸로 대처할 수 있을 테니까.

"그럼, 돌아갈…… 어라? 그러고 보니 프라우드 울프는 어디 갔어?"

여기까지 같이 오고 돌아갈 때도 태워다 주기로 했었는데…… 언제부턴가 안 보였던 거 같다.

그렇게 생각하고 있자…… 슬라임들이 알려 주었다.

〈프라우드 울프는 저기야~.〉

〈유지가 마법을 썼을 때 무섭다고 도망쳤어~.〉

〈아냐~! 그보다 전에 마석을 봤을 때 도망쳤어~!〉

……그렇군. 도망친 건가.

긍지 없는 늑대, 한결같군…….

〈저기…… 이제 그만 나가도 괜찮습까……?〉

그런 대화를 나누고 있자 프라우드 울프의 목소리가 들렸다.

아무래도 살짝 떨어진 곳에 있는 바위 뒤에 숨어 있었던 모양이다.

"이제 전투는 끝났어. 그보다 결계를 펼쳤으니 처음부터 위험하지도 않았다고."

〈그래도 뭔가 무서워서…….〉

그렇게 말하며 프라우드 울프는 조심스럽게 결계가 있던 곳으로 다가왔다.

이 녀석 진짜로 마물이 맞나 몰라…….

뭐, 여러모로 안쓰러운 부분은 있지만 프라우드 울프가 날 태우고 빠르게 달릴 수 있는 건 사실이니까.

굳이 이 녀석을 싸우게 할 필요도 없고.

"알겠어. 일단 마을까지 부탁할게."

〈옙!〉

그렇게 대답하며 프라우드 울프는 날 태우고 마을까지 달려

나갔다.

〈또 봐~!〉

"그래! 또 보자!"

나는 그렇게 드라이어드와 작별을 나누고 숲을 뒤로했다.

뭐, 두고 온 슬라임을 통해 언제든지 연락할 수 있겠지만.

◇

그로부터 몇 시간 뒤.

나는 무사히 마을까지 도착했다.

우선 고려해야 할 건 프라우드 울프의 거취구나.

자연으로 돌려보내도 좋지만 이 녀석을 이대로 숲으로 돌려보내도 잘 살아갈지 걱정된다.

뭐, 본인(늑대지만)의 의사에 맡기자.

"이봐, 프라우드 울프. 넌 앞으로 어떡할래?"

〈어떡하냐니…… 따라가겠슴다. 전에도 말했다시피 그쪽이 다른 마물에게 습격당하지도 않을 거 같으니까요. ……그 마법을 전송하는 건 저에게도 쓸 수 있으신 거죠?〉

응, 그럴 거 같더라.

여차하면 『마법 전송』으로 지켜달라는 거 같은데…… 이동

할 때 탈 거면 이 정도로 조심성이 있는 편이 안전하게 이동할 수 있을 거 같으니 나로서는 문제없다.

"그래, 쓸 수 있어. ……그렇게 됐으니 앞으로도 잘 부탁해."

〈알겠습니다! 성심성의껏 유지 씨를 태우겠습니다! ……전투에는 도움이 안 되겠지만요.〉

"걱정 마. 전투는 기대하지 않으니까."

그렇게 말하며 나는 프라우드 울프에게 목줄을 걸고 태그를 붙였다.

이건 테이머가 테이밍 한 마물을 구별하기 위해 붙이는 태그다.

슬라임은 문제없지만 마을에 이런 마물을 데리고 들어가려면 이런 목줄이 필요하다는 모양이다.

노숙을 준비할 때 겸사겸사 일단 사 두었는데 바로 도움이 되었네.

그런 생각을 하며—— 마을에 들어서려고 한 순간.

가까이 있던 모험가가 프라우드 울프를 가리키며 말했다.

"상당히 근사한 늑대잖아…… 이만한 마물을 길들일 수 있는 테이머가 이 마을에 있었나……."

근사한 늑대…… 과연 그럴까?

그런 의문을 품으며 나는 마을에 들어섰다.

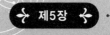
"……이 마을, 평소랑 분위기가 다르지 않아?"

마을에 들어선 나는 슬라임에게 그렇게 물었다.

어제 마을을 나서고 이제 막 돌아온 거지만 어쩐지 분위기가 변한 것처럼 느껴졌다.

〈뭔가, 무서워~.〉

슬라임도 나랑 같은 의견인 모양이다.

스쳐 지나가는 모험가들은 다들 마을 안에 있는데도 흉흉해 보이는 무장을 장비한 모습이 당장에라도 싸울 준비가 된 느낌이었다.

그런 마을을 살피며 나는 곧장 길드로 향했다.

길드 건물 안에 늑대를 데리고 들어갈 수는 없어서 프라우드 울프는 입구 앞에서 기다리게 했지만.

"어머나? 유지 씨. 드라이아 꽃을 채집하러 가신 게 아니었나요? 혹시 의뢰는 실패했다거나……."

내 얼굴을 보더니 에리스가 말을 걸어왔다.

아무래도 드라이아 꽃 의뢰가 신경 쓰인 모양이다.

"아니야, 실패하지 않았어. 좀 이런저런 일이 있어서 빨리 끝내고 온 거야."

그렇게 대답하며 나는 슬라임에게서 드라이아 꽃을 몇 송이 받아 에리스에게 보여주었다.

그걸 본 에리스는 기쁜 듯이 안심한 표정을 보였다.

"다……다행이에요! 이 의뢰에 실패하시면 무척 난처했거든요……."

"실패하면 난처해? 이게 그렇게 심각한 의뢰였어?"

의뢰를 받을 때는 그렇게까지 중요하단 다짐을 받으면서 추천하진 않았는데.

그렇게 생각하자 에리스가 대답해 주었다.

"의뢰를 드린 시점에서는 그렇지 않았는데요…… 조금 급하게 대량의 약이 필요한 상황이 될 거 같아서요……. 앗, 얼마나 채집하셨나요?"

"어디 보자…… 슬라임, 꺼내 줘."

대답하며 나는 길드의 매입 카운터에 슬라임을 올렸다.

〈알았어~.〉

그런 대답과 함께 슬라임은 카운터에 드라이아 꽃을 우수수 꺼내기 시작했다.

그렇게 1분도 지나지 않아 카운터는 드라이아 꽃으로 뒤덮였다.

"대, 대체 이 양은 어떻게 된 거죠…… 정말로 진짜예요?"

"그래, 조금 경위가 복잡하지만 전부 진짜야."

그 말을 들은 에리스는——.

"자……잠깐 지부장님께 얘기하고 올게요!"

소리치면서 길드 안쪽으로 들어가 버렸다.

그리고 몇 분 뒤.

아지에스 지부장이 나왔다.

"……유지, 또 자네인가. 이번엔 드라이아 꽃 1년 치 생산량을 가져왔다고 들었네만……."

그렇게 말하며 아지에스 지부장은 드라이아 꽃으로 뒤덮인 카운터를 보았다.

그리고 처음에 날 상대했던 에리스에게 말했다.

"……이건 1년 치가 아니네. 적어도 2년 치는 될 걸세."

"죄송해요, 제대로 세지 못해서……."

드라이어드가 준비해 준 꽃이 그렇게 많았구나…….

그야 단순히 채집하는 데만 몇십 분은 걸렸으니까, 많겠거니 했지만.

그나저나 2년 치나 되는 양을 한꺼번에 가져와도 길드로서는 난처하겠지.

"역시 너무 많았지?"

그렇게 말하며 나는 너무 많은 드라이아 꽃을 슬라임에 수납하려고 했다.

하지만…… 아지에스의 대답은 예상을 벗어났다.

"아니네. 전부 사들이지. 지금 길드에는 이게 가장 필요하다네."

"……2년 치나 되는 양이 필요해? 무슨 일 있었어?"

"실은 조금 떨어진 산에서 마물이 대량 발생한 걸 발견했다네. ……게다가 그 마물이 대규모로 모여 있다더군. 무언가 계기가 있으면 그 마물이 모두 마을로 몰려들게 될 걸세."

……마물의 대량 발생인가.

그러고 보니 내가 이 세계에 막 왔을 때부터 이 부근에 마물이 늘어났다고 했었지.

어쩌면 그것과 관련이 있을지도 모르겠다.

"그 마물들이 여기로 오는 거야?"

"아니, 어느 마을로 갈지 알 수 없는 게 또 번거로운 점이라네. 길드로서는 한 마을에 전력을 집중할 수 없거든. 그렇기에 더욱 약이 중요하지."

지부장은 그런 말과 함께 내가 가져온 드라이아 꽃을 집어 들더니 상태를 관찰했다.

그리고 만족스럽게 끄덕였다.

"……이걸 대량으로 분배하면 피해를 크게 억누를 수 있을 걸세. 드라이아 꽃으로 만드는 약은 즉효성이 크거든. ……보수는 준비했으니 확인해 보게."

그렇게 말하며 지부장이 내 앞에 금화를 쌓았다.

안전한 의뢰라고 해서 연습할 겸 받은 거였는데…… 어째 생각보다 많은 돈을 벌었네.

다만 마냥 기뻐할 상황은 아니었다.

대량으로 발생한 마물이 언제 덮쳐들지 모르는 상황이니까.

"대량 발생의 대책은 길드가 맡는 거야?"

"그래. 지금 길드는 대량 발생과 관계 없는 의뢰는 전부 멈추었네. ……유지도 협력해 주겠는가?"

그렇게 말하며 지부장은 나를 살펴보았다.

나는 그 말에 망설임 없이 대답했다.

"물론이야. ……그래서, 나는 뭘 하면 되지?"

"유지에게는 마물의 감시를 부탁하고 싶네."

"감시?"

"그래. 유지는 이 지부에는 희소한 B급 추적자지. 신인이라고는 해도 마물의 동향을 살필 힘은 다른 모험가들보다 훨씬 뛰어날 테니 말일세."

마물을 감시하는 일인가.

하긴 적당히 슬라임을 잠복시키면 마물의 동향은 간단히 파악할 수 있으니까.

하지만…….

"그것만으로 충분해?"

감시 같은 건 슬라임으로 할 수 있는 많은 일 중 극히 일부일 뿐이다.

맡을 역할이 그것뿐이라면 오히려 지루할 것 같은데.

"그것만? 감시라고는 해도 길드 시험에서 했던 텐트에서 경계를 하는 수준이랑은 전혀 다르다네. 무엇보다도 어디로 움직일지 알 수 없는 마물 무리를 계속해서 감시해야 하는 거니 말일세."

"그래도 마물 무리를 감시하라는 건 딱히 숨어서 이동하는 마물을 찾아내라는 게 아니잖아? 슬라임을 적당히 산개해 두면 그것만으로 끝인데?"

그렇게 말하며 나는 슬라임을 분산시켰다.

처음에 이 마을에 찾아왔을 때는 80마리 정도였던 슬라임도 지금은 드라이어드 숲에서 늘어나 100마리 가량 된다.

"그, 그 숫자는 대체 뭐지?"

"그게…… 100마리 정도인데."

"설마 전부 테이밍 한 건가?"

"맞아."

가능하면 이 사실은 그다지 알리고 싶지 않았지만…… 지금은 긴급 사태니까.

힘을 숨겨서 피해가 나오는 최악의 상황은 피해야지.

"수, 숫자는 일단 잘 알겠네……. 하지만 가령 산개하더라도 연락을 취하지 못하면 의미가 없지 않은가?"

"테이밍 한 마물이라면 멀리 있어도 연락할 수 있잖아?"

그걸 들은 지부장은 고개를 갸웃했다.

"아니, 마물과 소통할 수 있는 테이머라면 종종 있지만 원거리에서 대화하다니 가능할 리가 없네만……."

그런 거야?

……살짝 걱정되네.

일단 확인해 볼까.

〈드라이어드 팀, 잘 들려?〉

〈왜 그래~?〉

〈딱히 용건이 있는 건 아니야. 제대로 연락이 되는지 확인해 본 거야.〉

〈알겠어~.〉

드라이어드 곁에 둔 슬라임들에게 연락을 취해보니 거의 지연 없이 대답이 돌아왔다.

아무래도 제대로 연락이 닿는 모양이다.

"잘은 모르겠지만 멀리 떨어져 있어도 대화가 가능한 거 같은데."

"……그건 B급 추적자 선에서 끝날 일이 아니라고 보네만…… 아무튼 그걸 사용하면 넓은 범위를 혼자서 감시할 수 있단 거겠지?"

"그래. 그러니── 잠깐만 기다려 줘."

그런 대화를 하고 있는데 슬라임에게서 재차 연락이 왔다.

〈유지~ 마석 이야기 들었어~?〉

〈마석?〉

〈응~ 유지가 파괴한 거랑 비슷한 마석이 다른 곳에도 있었

대~.〉

〈드라이어드가 그랬어~.〉

〈영역 바깥이어서 드라이어드는 괜찮다지만 위험하대~.〉

……그 마석 또 있었구나.

그렇다면 혹시…….

〈그거 혹시 마물의 대량 발생과 관계가 있어?〉

〈음~ 몰라!〉

〈드라이어드는 마물이 나올지도 모른댔어!〉

……역시 그런 가능성이 있나.

이것도 지부장에게 전해두는 편이 좋겠다.

일단 드라이어드에 관한 것만은 숨겨 둘까. 꽃을 노리고 드라이어드에게 피해가 가면 불쌍하니까.

"방금 멀리 떨어진 슬라임과 연락을 했는데 대량 발생의 원인으로 보이는 정보가 있었어."

"원인?"

"그래. 그 꽃을 채집하러 갔을 때 근처에 저주받은 마석이 있어서 그걸 파괴했는데…… 파괴했을 때 마물이 발생했거든. 근처에 있던 마물의 얘기로는 그 마석은 인간이 설치한 모양이야."

"저주의 마석이라고?! ……그게 사실인가?!"

……생각보다 반응이 크네.

혹시 마석이 뭔지 알고 있는 걸까.

"저주의 마석에 짚이는 점이라도 있어?"

"아니네, 짚이는 점은 없다만…… 자네가 아무리 상식이 부족해도 에이지아 왕국 이야기는 들어 봤겠지?"

"에이지아 왕국?"

그렇게 말해도 난 모르는데.

"……설마 모르는 건가?"

"응."

그렇게 유명한 이야기인가.

뭐, 나는 이 세계에서 자란 게 아니니까 모르는 게 당연하지만.

"먼 옛날, 에이지아 왕국이라는 나라가 저주의 마석으로 멸망했다는 이야기일세. 실제로 마석이 원인이었는지는 알 수 없지만…… 에이지아 왕국에 마석이 나타났다는 것과 당시에 번영했던 에이지아 왕국이 3년도 채 되지 않아 쇠퇴해 멸망했다는 것만큼은 분명하네."

그렇군. 그런 이야기가 있었구나.

하지만 그 마석은 번영한 나라를 3년도 안 돼 멸망시킬 만큼 위험해 보이지는 않았다.

아마 다른 거겠지만…… 혹시 모르니 특징을 물어볼까.

"……참고로 그 왕국을 멸망시켰다는 마석의 특징을 알아?"

"왕국이 멸망하기까지 길드에 전해진 정도의 정보이네만. ……색은 새까맣고 광택은 전혀 없다더군. 닿은 것은 모조리 부서져 버리니 옮기거나 파괴하는 것도 불가능. 인간이 닿으면 죽는다고 하네. 그리고…… 주위에 있던 식물이 메말랐다더군. 그걸로 어떻게 국가가 멸망했는지는 모르네만."

……진짜냐.

그 마석이랑 특징이 거의 일치하잖아.

"……내가 파괴한 마석이랑 거의 같은걸. 뭐, 인간이 옮겨다 두었다고 하니 나라를 멸망시킨 마석에 비하면 약한 저주겠지만."

"저주의 마석이라……. 파괴할 수 있었다면 다른 마석일 거 같지만 가능성 중 하나로 보고해 두겠네. 다시 유지의 역할 말이네만…… 감시 임무와 전투를 병행할 수 있다고 보면 될까?"

"그래. 슬라임은 이렇게 보여도 제법 싸울 수 있거든."

마법 전송을 쓰면 슬라임은 포대처럼 쓸 수 있다.

게다가 같은 마법을 두 마리 이상의 슬라임에 동시 전송할 수 있으니 나열하면 화력도 높일 수 있다.

뭐, 마력 소모는 그만큼 늘어나게 되니 무한하게 전송할 수는 없지만.

"슬라임이 싸우는 건가…… 다른 사람이라면 믿지 않겠지만 유지가 하는 말이니 믿어 보겠네. 물론 보수는 나오니 의뢰서를 받아 두게."

"알겠어. ……의뢰는 이거면 돼?"

그렇게 말하며 나는 마물 무리를 감시하는 의뢰와 마물 토벌 의뢰의 의뢰서를 제출했다.

　보수가 높은 건 감시 의뢰 쪽이지만…… 토벌 의뢰는 쓰러뜨린 수 만큼 보수가 늘어나니 잔뜩 쓰러뜨리면 토벌 의뢰가 더 메인이 될지도 모른다.

　"그래, 부탁하네."

◇

　이리하여 나는 의뢰를 접수하고 지부장의 배웅을 받으며 길드를 나섰다.

　그리고 마물 무리 부근에 슬라임들을 배치하고자 숲으로 향했다.

　"좋아, 그럼 부탁할게."

　숲을 나선 다음 나는 프라우드 울프의 등에 슬라임을 태웠다.

　이번에 슬라임들은 마물 무리를 포위하는 것처럼 배치해야 하니 그 이동 역할을 맡는 게 프라우드 울프다.

　프라우드 울프의 부담을 덜기 위해 나는 마을에 남기로 했다.

〈알겠어~.〉

〈해치울게~!〉

〈마물을 해치우는 건 유지의 마법이지만~.〉

〈저기…… 정말로 저 같은 걸로 괜찮은 검까?〉

슬라임들은 의욕이 넘쳐 보였지만 프라우드 울프는 걱정되는 모양이다.

프라우드 울프도 테이밍 할 때 간단히 당해서 자신감을 잃었을 뿐이지 결코 약한 마물은 아닐 텐데…….

그리고 나의 보조도 있다.

"괜찮아. 강화 마법도 걸고 마법 전송은 슬라임 외에도 쓸 수 있으니까. 습격당하면 내가 공격 마법을 전송할게."

나는 그렇게 말하며 『체력 증강』, 『이동 강화』, 『방어력 강화』 마법을 프라우드 울프에게 걸었다.

〈이 마법…… 힘이 솟구침다! 유지 씨가 마법을 보내 주신다면 안심입죠!〉

마법을 받고 프라우드 울프도 자신감이 생겼는지 힘차게 숲으로 달려나갔다.

……그럼 나는 나대로 결전 준비를 해 볼까.

이 마을에 마물이 올지는 알 수 없지만 감시 의뢰를 받은 이상 가능하면 다른 마을의 피해도 막고 싶다.

그렇다지만 내가 가진 마법은 위력은 강해도 범위를 좁히지 못해서 주변에 피해를 낼 거 같다.

여러모로 시험해 보면 딱 좋은 마법을 찾을 수 있을지 모르지만——좀 더 확실한 마법을 간단히 입수할 방법이 있다.

만들면 된다.

"……마법 창조."

그렇게 말하며 나는 길드 시험 때 발견한 마법을 발동했다.

그때는 시간이 없어서 이 마법을 써 보지 못했지만—— 지금이라면 생각할 시간이 있다.

"하지만 역시 복잡하네……."

표시된 건 스테이터스 화면 같은 창을 더욱 복잡하게 표시한 거 같은 화면이다.

중앙에는 아무것도 쓰이지 않은 창이 있고 그 주위에 『마력 흐름 분석』, 『필요 마력량』, 『구성 보존』, 『마법 불러오기』 같은 글자가 잔뜩 나열해 있다.

……마도서 덕분인지 각 항목의 의미와 사용법은 어떻게든 알겠다.

일단 기존 마법부터 분석해 볼까.

"마법 불러오기—— 화염구."

그렇게 말하며 나는 습득한 마법 중에서 비교적 단순해 보이는 『화염구』를 분석해 보았다.

그러자 중앙에 아무것도 쓰여 있지 않던 창에 수십 줄 정도 문자열이 표시되었다.

아무래도 이게 『화염구』의 구성인 모양이다.

쓰여 있는 문자는 『마력 변환』이나 『마력 체류』 같은 잘 모르는 내용인데—— 입력 방식이 어쩐지 컴퓨터 프로그램과 비슷해 보였다.

혹시 마법 구성이 프로그램 같은 거라면 잘 이해하지 못해도 간단히 구성을 바꿀 방법이 있다.

그래── 복붙(복사&붙여넣기)이다.

"어어…… 일단 비슷한 마법이랑 비교해 볼까."

그렇게 말하며 나는 기억 속에 있는 마법을 찾아보았다.

『화염구』와 비슷한 마법이라면…… 다른 속성의 공격 마법일까.

그렇게 생각해 마법을 찾아보니 『수탄』이라는 마법을 찾았다.

"마법 추가 불러오기── 수탄."

내가 영창하자 『화염구』 구성이 쓰여 있던 창 옆에 수탄 구성이 표시 되었다.

내용은 『화염구』를 분석했을 때 표시된 것과 거의 비슷하다.

다만 중앙에 있는 세 줄만 달랐다.

"어디 어디…… 이걸 바꾸면 되는 건가?"

시험 삼아 『화염구』의 세 줄을 『수탄』에 쓰인 내용으로 바꿔 보았다.

그렇게 완성된 내용대로 마법을 변환한다.

"출력──『화염구 물 버전』!"

그러자 불 대신에 물 탄환이 날아갔다.

과연, 이렇게 쓰는 건가.

——이런 식으로 나는 여러 마법을 분석하거나 조합하며 『마법 창조』의 사용법을 하나둘 파악했다.

뭐, 이런 방식이라면 『마법 창조』라기 보다는 『마법 조합』이 맞겠지만.

장래에는 제대로 마법 구성에 쓰인 내용을 이해하고 완전히 오리지널 마법을 만들어 보고 싶다.

"일단은…… 이 정도면 되겠지."

나는 완성된 마법 구성을 살펴보았다.

최종적으로 내가 만든 건 『원형 결계』와 『극멸의 업화』를 조합한 마법이다.

이걸 쓰면 슬라임의 숫자에 기대지 않고도 범위를 한정해 마물을 격멸할 수 있다.

그 밖에는 어떤 마법이 필요할지 예상하기 어려우니까 내가 익힌 마법만으로 대응하기 어려워지면 그때 또 만들어야 하겠지.

목적 없이도 적당히 마법을 만들다 보면 언젠가 쓸 일이 생길지도 모르지만…… 마법을 분석하고 만드는 데도 생각보다 마력이 필요하니 닥치는 대로 만드는 건 좋은 방법은 아닌 거 같다.

〈도착했어~!〉

〈마물은 안 움직이네~.〉

그러고 있는 사이에 머릿속에 슬라임의 목소리가 울렸다.

아무래도 슬라임이 마물이 모여 있는 곳 근처까지 도착한 모양이다.

다른 슬라임도 잇달아 프라우드 울프가 태워다 줘서 배치해야 하니 모든 배치가 끝나려면 아직 조금 더 시간이 필요하겠지만.

그나저나 포위 범위가 너무 넓으면 100마리로도 구멍이 많아지겠네…….

……그렇지. 이 틈에 동료를 늘려 두자.

〈도착한 슬라임은 근처에 슬라임이라든가 동료가 될 만한 마물이 없는지도 찾아봐 줘.〉

〈알겠어~.〉

〈저기에 슬라임이 있어~.〉

이렇게 현지에 도착한 슬라임들의 권유 작전이 시작되었다.

드라이어드의 숲에 있던 슬라임들만이 아니라 슬라임은 기본적으로 단순한 모양인지――.

〈밥~?〉

〈지켜 주는 거야~?〉

금방 이런 식으로 슬라임들에게 모여들었다.

그나저나…… 테이밍 하지 않으면 마법을 전송 못할 텐데.

먼 거리에서도 테이밍 할 수 있는 스킬이 뭔가…….

그렇게 생각해 습득한 테이머 스킬을 찾아보니 『합체 테이밍』이라는 테이머 스킬을 찾았다.

테이밍 한 마물과 합체한 마물을 함께 테이밍 하는 테이머 스킬인 모양이다.

합체할 수 있는 마물은 슬라임밖에 모르니 결국 슬라임 전용 스킬인데…… 반대로 말하면 슬라임에게는 쓸 수 있다는 뜻이다.

"합체 테이밍."

스킬을 쓰자 슬라임들이 하나둘 합체해 테이밍 되었다.

이리하여 포위망이 완성될 즈음에는 전체 슬라임의 수가 500마리가량 되었다.

이걸로 모르는 사이에 포위망이 뚫리는 일은 없을 것이다.

그렇게 안심했을 때—— 드라이어드의 숲에 있는 슬라임에게서 연락이 왔다.

〈유지~! 유지~!〉

〈왜 그래?〉

〈드라이어드의 숲에 이상한 녀석이 왔어~! 저주받은 마석 같은 걸 들고 있어!〉

……과연.

이번 사건의 실행범이 등장했단 건가.

〈그 녀석이 있는 곳까지 갈 수 있겠어? 가능하면 열 마리 정도 함께 들키지 않게끔 숨어서.〉

〈숲 안에 있다면 내 힘으로 옮길 수 있어. 들키지 않게 하는 것도…… 내 영역 안이니까 가능해.〉

그렇게 대답한 건 드라이어드였다.

드라이어드는 내가 테이밍 한 마물은 아니지만 슬라임을 통하면 연락을 할 수 있다.

〈좋아, 부탁할게. ……마법 전송으로 단숨에 끝내겠어. 그 다음에 마석을 처리하자.〉

〈응!〉

〈알겠어~!〉

마법 전송을 통해서라고는 해도 시험 말고는 첫 대인전이네.

하지만…… 봐줄 생각은 없다.

〈마법 전송──── 마력 그물!〉

이 세계에서는 범죄자는 발견하는 대로 그 자리에서 처형하길 권한다.

지구에서라면 그자가 진짜 범죄자가 맞는지 아닌지가 문제가 되지만 이 세계에서는 그 거짓말을 판별하는 마도구가 있으니 진위는 금방 알 수 있다.

다만 나는…… 굳이 포박 마법을 사용했다.

딱히 인정을 베풀려는 건 아니다.

지금은 정보가 너무 부족하므로 정보를 끌어낼 인간은 가능하면 살려 두고 싶었다.

"누구냐?!"

〈마법 전송──── 화염구!〉

포박에 이어 나는『화염구』를 사용해 저주의 마석을 고정하고 있던 막대기를 태워 버렸다.

　그리고——.

『저주 해제(극)!』

　요전에는 낮은 단계의 저주 해제로 저주가 어중간하게 풀려서 마물이 나타났었다.

　상급 저주 해제 마법으로 단숨에 정화하면——.

　"뭣이……!"

　저주의 마석을 가지고 온 남자가 보는 앞에서 새까맣던 마석이 한순간에 새하얗게 변하더니 소멸했다.

　역시 단숨에 저주를 풀면 마석의 저주는 안전하게 무효화되는 모양이다.

　나머진 실행범 남자를 마을까지 데려와 심문 같은 걸 해야 할 텐데…….

　"큭…… 이 더럽혀진 세계에 구제를!"

　마석이 사라지는 걸 보자마자 실행범 남자는 그렇게 외치더니 자신의 목에 나이프를 찔러 넣었다.

　"……뭐?"

　내가 넋이 나간 사이에 남자는 목숨이 끊어졌다.

　……설마 이 타이밍에 자살하다니.

　심문을 당할 거란 걸 알고 난 다음에 자살한다면 또 몰라도 이렇게 빨리 목숨을 끊다니 완전히 예상 밖이었다.

　보통은 그물에서 빠져나갈 수 있을지부터 확인할 텐데…….

어쩌면 흑막이 정신을 조작한 걸지도 모르겠다.

어느 쪽이든…… 이 이야기는 길드에 보고해야 하겠지. 그것도 가급적 빨리.

그렇게 판단해 나는 서둘러 마을로 달려갔다.

문제는 남자가 마석을 옮겼다는 사실만이 아니다.

마물의 무리를 발생시킨 마석 이외에도 저주의 마석을 더 준비했었다는 점이다.

자살한 모습을 봐서는 범인은 그 남자 한 명이 아닐 것이다.

배후에는 아마도 더욱 커다란 범죄 조직 같은 곳이 있겠지.

그러자 가장 큰 문제가 떠올랐다.

조직의 목적은 모르겠지만——— 실행범이 방금 쓰러뜨린 남자만이 아닐 가능성이다.

실행범이 여럿 있다면 이미 다른 장소에 마석을 배치했다고 해도 이상하지 않다.

그렇다면 지금 포위하고 있는 집단 외에도 마물이 출현할 가능성이———.

그렇게 생각하고 있을 때 슬라임에게서 연락이 왔다.

〈유지~! 유지~!〉

〈왜 그래?〉

〈뒤에서 마물이 잔뜩 나타났어~!〉

〈아직 멀지만 엄청 잔뜩 있어!〉

〈저기에서도 나타났어~!〉

……빠르게도 예상이 맞아떨어진 모양이다.

슬라임들은 내가 테이머 스킬과 마법으로 탐색 능력을 강화해 두었다.

그랬기 때문에 새로 마물이 발생한 걸 가장 빨리 파악한 거 겠지.

주변에 마물이 그렇게 우글거리고 있으면 슬라임들을 한 곳으로 모으기는 어려울 거 같다.

『종언의 업화』같은 걸 쓰면 어느 정도 수를 줄일 수 있겠지만 그건 적이 모두 모였을 때 쓰고 싶다.

지금 쓰게 되면 다 처리하지 못한 마물이 너무 많을 테니까.

……지금은 숨어서 몸을 지키게 하자.

〈프라우드 울프! 회수할 수 있는 만큼 슬라임을 회수해서 마을로 돌아와 줘! 다른 슬라임은 숨기 좋은 곳을 찾아서 몸을 숨기고 대기해!〉

〈알겠어~!〉

〈절대 안 들킬게~!〉

슬라임과 프라우드 울프가 허둥지둥 움직이기 시작한 소리를 들으며 나는 길드로 향했다.

아무래도 상당히 위험한 상황이 된 거 같다.

"보고다! 마물이 늘어났어!"

단숨에 마을을 내달려 나는 길드에 뛰어든 다음 외쳤다.

여유롭게 접수처에서 대응해 주길 기다릴 시간이 없다고 판단했기 때문이다.

　그게 덕을 보았는지 지부장이 곧장 나왔다.

　그리고 지부장은 내게 물었다.

　"그건…… 확실한 정보인가?"

　"그래."

　"……추정되는 수는?"

　지부장의 질문에 나는 잠시 고민했다.

　지금도 슬라임들의 정보가 전해져 오지만 적의 전모를 파악할 수 없었다.

　하지만 아주 대략적이기는 해도 추정이라면 가능했다.

　그런 추정이라도 없는 것보단 낫겠지.

　"나도 전체를 다 파악한 건 아니지만 최소 5천에서…… 자칫하면 몇만 단위야. 내 예상으로는 2만 정도일까."

　그걸 들은 지부장은 얼굴이 새파래졌다.

　"2만이라고?! 이 마을은커녕 주변 모든 마을에서 전력을 다 긁어모아도 그런 숫자엔 대응할 수 없다! ……마물이 움직이는 방향은 알았나?"

　"지금은 마물들에게 눈에 띄는 움직임은 없나 봐. 마물의 존재가 확인된 곳은…… 이 부근이야."

　그렇게 말하며 나는 지도에 마물이 있는 부분을 하나둘 손으로 짚었다.

　이미 범위가 너무 넓어서 다 포위할 수 없다.

"……지금은 마물이 이 마을에 오지 않기를 기도할 수밖에 없나…… 2만의 마물 중 10%가 오더라도 이 마을은 파멸일세."

"2천 정도로 포기하기는 이르잖아. 마법 같은 걸로 대처하면──."

"불가능하다. 이 마을의 모험가는 100명도 안 돼. 제아무리 강한 모험가라도 한 사람이 토벌할 수 있는 마물은 스무 마리가 한계다. 게다가 보고받은 마물의 레벨을 봐서는 다섯도 해치울 수 있을지 의문이군. 평균적으로 한 사람당 한 마리를 쓰러뜨린다면 다행인 수준이겠지. 2천 마리나 상대한다면 도무지 방법이 없어."

……모험가의 힘은 그 정도인가.

뭐, 게일의 파티도 셋이서 다섯 마리의 마물에게 밀리고 있었으니까.

높은 레벨의 모험가라면 상황은 다르겠지만 이 마을에 그렇게 강한 모험가는 없는 거겠지.

그렇다고 내 마법으로 전멸시키기도 어렵다.

내 마법에도 분명 한계가 있을 것이고 『종언의 업화』에도 마을은 휩쓸지 않고 마물만 전멸시키는 효과는 없거든.

희망이 있다면…… 『마법 창조』일까.

"그럼 어떻게 할 거지?"

"만약 정말이라면 마을 주민들을 이끌고 도망가겠다. ……물론 정처 없이 도망만 쳐서는 마물의 먹잇감이 될 테니 도망갈 방향은 확실히 정해야겠지."

"……마을 사람 전원을 이끌고 도망칠 수 있는 거야?"

"전원은 어렵겠지만 체력이 있는 사람은 살아남을 확률이 높아지겠지. 적어도 그 자리에 멈춰 있는 것보단 생존율이 높을 거다. ……마물의 수가 5천이 넘는다면 그조차도 불가능하겠지만."

즉, 도망칠 때는 체력이 없는 사람들은 버려야 한다고…….

그게 가장 확실한 선택지라고는 해도 가능하다면 도망치는 건 피하고 싶다.

"……정보를 제공해 줘서 고맙다. 어찌 되었든 지금 가장 중요한 건 마물의 동향을 감시하는 거다. 마물의 동향을 빨리 파악할수록 그만큼 대책을 세우기 좋으니 말이야. 잘 부탁하네."

"알겠어. 계속해서 마물을 감시할게."

그렇게── 마침 논의가 끝나려던 무렵.

포위망에 남아 숨어서 마물을 감시하던 슬라임들이 일제히 소란을 피우기 시작했다.

〈마물이 움직이기 시작했어~!〉

〈마물이 마을로 향하고 있어~!〉

〈이쪽 마물도 마을로 가고 있어!〉

그리고── 소란스러워진 건 마물을 포위하고 있던 슬라임만이 아니었다.

드라이어드 곁에 남겨 두었던 슬라임들까지 같이 부산스러워졌다.

〈왠지 숲의 마물들이 소란스러워졌어!〉

〈이상한 마물이 한꺼번에 마을로 향하고 있대!〉

아무래도 드라이어드 숲 근처에서도 비슷한 일이 일어난 모양이다. 『감각 공유』로 보기로는 드라이어드 숲 자체에 이변은 없는 것 같은 게 불행 중 다행이라고 할까.

〈그래서 마물은 어느 마을로 가고 있어?〉

아마도 여러 마을의 이름이 나오겠지.

그 비율에 따라 이곳으로 오는 마물의 수도 추정할 수 있을 것이다.

가능하면 쓰러뜨릴 수 있을 정도의 숫자였으면 한다.

그렇기 기도하며 나는 슬라임들에게 질문했는데—— 돌아온 대답은 모두 같았다.

〈〈〈〈유지가 있는 마을!〉〉〉〉

"……보고할게! 마물이 움직였어!"

슬라임들의 보고를 받고 나는 곧장 큰 소리로 외쳤다.

그 소리를 듣고 지부장이 뛰어나왔다.

"어느 마을로 몇 마리가 이동 중이지?!"

"내가 관측한 범위의 마물은 전원 이 마을로 향하고 있어! 마물의 수는…… 최소 1만이야."

"……거짓말이지?"

보고를 들은 지부장이 내게 물었다.

내 발언을 의심하는 것이 아니라, 믿고 싶지 않다는 의미에 가까웠다.

그러던 중━━ 길드에 한 명의 길드 직원이 뛰어들어 왔다.

"큰일입니다! 청색과 황색 봉화가 올랐습니다! 게다가 세 군데입니다!"

"……청색 봉화?"

봉화라면…… 연기를 피워서 먼 곳에 연락을 취하는 수단 말인가.

나는 봉화 이야기는 듣지 못했지만…… 봉화 색에 의미가 있는 걸까.

그 질문에는 지부장이 대답해 주었다.

"봉화는 마물의 움직임을 확인했을 때 쓰는 연락 수단이다. 색은 마물이 움직이는 방향과 숫자지."

그렇군. 봉화 색은 그런 의미였나.

슬라임과 원격 통신이 가능한 나에게는 필요 없으니 설명하지 않은 모양이다.

"그래서…… 청색과 황색은 무슨 의미지?"

"유지가 전한 것과 거의 같은 내용이야. 마물은 이 마을로 오고 있고 그 숫자는 적어도 9000. ……세 곳에서 봉화를 피웠다면 주민의 피난은 절망적이군."

그렇게 말하며 지부장은 길드를 나갔다.

길드 바깥에는 길드에서 소집한 모험가들이 모여 있었다.

그 모험가들을 향해 지부장이 크게 외쳤다.

"모험가들에게 전한다!"

목소리를 높이는 지부장을 모험가들은 긴장한 모습으로 바라보았다.

지금부터 작전을 발표하는 거겠지.

지부장의 이야기대로라면 만 단위의 마물을 상대로 주민의 피난은 불가능하다고 했다.

그렇더라도 무언가 작전은 있을 터.

그렇게 생각했지만…… 지부장이 말한 작전은 기대와는 다른 것이었다.

"현재 1만 이상의 마물이 이 마을로 오고 있다! 이미 방어는 불가능한 상황이다! 그러니 너희는 도망가라! 모험가의 속도라면 도망갈 수 있을지도 모른다!"

마을을 내버리고 도망.

전멸할 바에는 몇십 명이라도 살리겠다는 거겠지.

피해를 최소한으로 억누르겠다는 의미에서는 확실히 합리적인 판단이다.

그런 판단을 빠르게 내릴 수 있는 건 역시 지부장이라 할 만하다.

하지만…… 모험가들은 누구 한 명 도망치려고 하지 않았다.

"빨리 가라! 만 단위의 마물에 대항할 수단이 없다는 건 누구보다도 너희가 가장 잘 알 텐데! 지금은 한 명이라도 많이 살아남는 게 최선의 대항 수단이다!"

지부장이 이렇게 설득해도 모험가는 움직이지 않는다.

"멍청한 소리 말라고, 누가 마을을 버리고 도망을 쳐!"

"주민을 내버리고 도망치려고 모험가가 된 게 아니야!"

"그렇고말고! 확률이 낮단 게 대수냐! 우리를 살릴 방법이 아니라 마을을 지킬 방법을 알려 줘!"

그런 목소리가 지부장에게 쏟아진다.

아무래도 모험가들은 마을을 버리고 도망칠 생각이 전혀 없나 보다.

이런 상황에서 나 혼자 도망칠 수도 없겠네.

그야 『종언의 업화』로도 만 단위의 마물을 전멸시키긴 어렵겠지만…… 가만히 당할 바에는 시험해 보는 것도 나쁘지 않겠지.

『마법 창조』를 쓰면 조금은 성공률을 높일 수 있을 테니까.

그렇게 생각해 나는 모험가들을 둘러 보았다.

"조금이라도 마을을 지킬 가능성이 있다면 나도 그렇게 했을 거다! 하지만 불가능하다! 만 단위의 마물이라니 지금의 다섯 배가 넘는 전력이 있어도——."

그럼에도 지부장은 모험가들이 도망가게 설득하려고 했다.

그 목소리를 끊고 내가 말했다.

"한 가지, 방안이 있어!"

"……방안? 그건, 마을을 위기에서 구할 가능성이 있다는 건가?"

"맞아. ……연습 없이 실전이라 실제로는 해 보지 않으면 알 수 없지만."

"……어떤 작전이지?"

"이걸 쓰겠어."

그렇게 말한 나는 어깨에 태운 슬라임(대부분의 슬라임은 마물을 감시하러 갔기 때문에 숫자가 줄어들어 꽤 작아졌다)에게 드래곤의 두개골을 꺼내게 했다.

이 뼈는 내가 이 세계에 막 왔을 때 쓰러뜨렸던 걸 슬라임이 보관해 두었던 것이다.

여전히 슬라임의 수납 능력은 수수께끼지만…… 모처럼 보관해 두었던 거니 감사히 쓰자.

이 강렬한 외관이 설득력을 높여 줄 테니까.

"그거…… 혹시 드래곤의 뼈인가?"

"맞아. 테이머 전용의 재밌는 마법이 있거든. 여러 가지 조건이 필요하긴 한데…… 간단히 말하면 이 뼈를 통해서 단 한 번 드래곤의 화염을 재현할 수 있어."

물론 테이머 스킬에 그런 건 없다.

실제로 쓰는 건 『종언의 업화』와 지금부터 『마법 창조』로 자작할 마법이다.

하지만…… '내 마법으로 마물을 불사르겠다'고 하는 것보다 이쪽이 믿기 쉽겠지.

아무래도 일반적인 테이머는 마법을 못 쓴다는 모양이니까.

그런 테이머가 마법을 쓰고 있으니 다소 엉뚱한 이야기를 덧붙여도 믿어줄 여지가 있다.

"확실히 드래곤의 화염이라면 만 단위의 마물을 일소할 수 있을지 모르지만…… 지부장, 유지가 하는 말은 정말인가?"

"……모른다. 하지만 유지가 지닌 테이머의 힘이 평범한 테이머와는 비할 바가 아니란 건 분명하다. 무엇보다도 유지는…… 슬라임만이라고는 해도 100마리가 넘는 마물을 테이밍 했으니까."

"100?!"

"그렇다. ……무엇보다도 슬라임에게서 저런 거대한 걸 꺼내는 시점에 일반적인 테이머와 다르다는 건 명백하지 않나?"

지부장은 그런 말과 함께 내가 꺼낸 용의 두개골을 가리켰다.

그걸 본 모험가 중 절반 정도가 납득한 듯이 끄덕였다.

"……알겠다. 나는 뭘 하면 되지?"

가장 먼저 그렇게 말한 건 모험가 게일이었다.

내가 이 세계에 막 왔을 무렵에 슬라임으로 원호 사격을 해서 도왔던 모험가다.

"게일, 유지의 말을 믿는 거야?"

"그래. 요전에 불을 뿜는 슬라임도 보았으니까. 슬라임이 불을 뿜는다면 죽은 드래곤이 화염도 뿜어도 이상할 거 없잖아? ……게다가 다른 방안은 없으니 여기에 걸 수밖에 없잖아."

그렇게 말하며 게일은 내가 손에 쥔 용의 두개골을 가리켰다.

"그래서, 우리는 뭘 하면 되지? 봉화를 확인하고 지난 시간을 생각하면 앞으로 10분이면 마물이 도착해도 이상하지 않아."

……하긴 이제 시간이 없다.

전원을 설득하는 건 포기하고 지금 돕겠다는 모험가와 협력해서 싸울 수밖에 없겠다.

〈프라우드 울프. 도착까지 얼마나 걸리겠어?〉

〈시, 십 오분 정도임다! ……정말 이거 안 들키는 겁까?〉

〈주변에 마물이 가득해~.〉

〈끄아악~! 짓밟혀~!〉

지금 프라우드 울프가 슬라임들을 옮기고 있다.

프라우드 울프와 슬라임에겐 원격으로 은폐 마법을 걸어두었으니 들키지는 않겠지만…… 역시 시간은 조금 더 걸릴 모양이다.

〈들킬 걱정은 안 해도 돼. 최대한 서둘러 줘.〉

슬라임들이 도착하는 대로 마을 주위에 결계를 펼친 다음 마물을 섬멸하자.

즉, 그러는 데 필요한 건── 시간을 버는 것과 섬멸에 적합한 마법을 만드는 거다.

"앞으로 15분. 시간을 벌어 줘! 그동안 나는 마법을 준비하겠어!"

""""""알겠다!""""""

이 자리에 있는 모험가 대부분이 그렇게 대답하며 마을 입구로 달려갔다.

"우리는 약을 준비한다!"

"그래! 아끼지 말고 팍팍 쓰라고! 유지 덕분에 다 쓰지 못할 만큼 만들었으니까!"

지부장의 지시에 따라 길드 직원들이 대량의 회복약을 마을 입구로 옮기기 시작했다.

아무래도 어제 채집한 드라이아 꽃이 제대로 도움이 된 모양이다.

그렇게 잠시 지나 마을 여기저기에서 전투하는 소리가 들려왔다.

마침내 결전이 시작되었다.

나도 슬라임들이 도착할 때까지 최대한 강력한 마법을 완성해 둬야지.

"……마법 창조."

지금부터 만들 마법으로 달성해야 할 조건은 두 가지다.

하나는 마을 주위에 나타난 마물을 모두 쓰러뜨릴 것.

다른 하나는 그만한 위력의 마법으로부터 마을을 지켜낼 것.

──말로는 간단하지만 실제로 하려면 상당히 어렵다.

하지만 여유를 부리며 망설일 시간은 없으니 지금 당장 떠오른 방법으로 시험해 볼 수밖에 없겠지.

마력 소모량을 생각하면 『종언의 업화』의 위력을 지금보다 더 높이기는 어려울 것이다.

위력의 한계가 명확한 마법으로 최대한 많은 적은 적을 쓰러뜨려야만 한다.

그렇다면 역시 공격 범위를 좁히는 게 최선이겠지.

〈혹시 마물들 중에 하늘을 나는 마물이 있어?〉

나는 확인 겸 슬라임들에게 물어보았다.

그러자 금방 대답이 돌아왔다.

〈〈〈없어~.〉〉〉

하늘을 나는 상대는 없는 건가.

그렇다면 공격 범위를 지상으로 한정하면 효과적으로 쓰러뜨릴 수 있겠다.

마을 주변을 둘러싸는 결계와는 별개로 천장 역할을 할 결계를 펼치면 되겠지.

……이런 사실을 곱씹으며 나는 좋은 생각을 떠올렸다.

지금까지 내가 써 온 결계는 마법을 막아내는 타입이었다.

마법을 막아내는 대신에 반사하게 한다면 결계에 가해지는 대미지를 줄이고 효율적으로 마법의 위력을 집중할 수 있지 않을까.

내가 익힌 마법 중에 마법을 반사하는 것은 없었으니 직접 만들 수밖에 없겠지만…… 다행히 재료는 모여 있다.

『대마법 결계』와 『마법 전송』이다.

시험 삼아 『대마법 결계』 구성 중 그럴듯해 보이는 부분을 『마법 전송』 술식으로 바꿔 써 보았다.

이름하여…….

"마법 반사 결계."

영창하자 내 눈앞에 결계가 나타났다.

겉모습은 『대마법 결계』와 다를 바 없지만…… 시험해 볼까.

"화염구."

나는 시험 삼아 『화염구』를 쏴 보았다.

그러자 화염구가 결계로 날아가더니—— 결계에 닿기 직전에 소멸했다.

〈와아앗!〉

〈갑자기 마법이 날아갔어~!〉

〈유지~ 마법 전송했어~?〉

그리고 곧장 슬라임들의 요란스러운 목소리가 들려왔다.

아무래도 마법은 반사되지 않고 슬라임들에게 날아가 버린 모양이다.

아마도 마법을 전송하는 곳이 슬라임으로 설정된 거겠지.

〈잠시 실험을 할 테니 또 날아갈지도 몰라.〉

나는 그렇게 말하며 마법이 전송되는 곳을 바꿀 수 없는지 술식을 한 줄씩 지우거나 덧붙여보았다.

하지만 마법의 술식은 그렇게까지 단순한 구성이 아니었는지 좀처럼 잘 풀리지 않았다.

하지만…… 잘 생각해 보면 이대로도 괜찮을 거 같다.

꼭 무리해서 반사할 필요는 없다.

결계 바깥으로 나가려는 마법을 그대로 결계 내부로 되돌리기만 하면 된다.

슬라임들을 결계 바로 바깥에 배치해 두면 슬라임들 앞에 마법이 전송될 테니 목적은 달성된다.

문제는 어느 슬라임에게 날아갈지 모른다는 건데…….

〈있잖아. 아까 마법이 날아간 건 어느 슬라임이야?〉

〈나야!〉

〈나라고 대답해도 몰라.〉

애초에 난 슬라라임들을 구별할 수 없으니까.

그보다 구별할 수단이 있긴 한 건가?

〈어어…… 프라우드 울프에 타고 있는 슬라임!〉

〈알겠어! 알려줘서 고마워.〉

아무래도 전송되는 곳은 지금 여기로 오고 있는 슬라임 중한 마리로 설정된 모양이다.

즉, 도착한 슬라임과 함께 결계를 펼치는 김에 슬라임을 그자리에 배치해 두면 된다는 거다.

덤으로 슬라임 중 한 마리에게는 아까 그 드래곤의 두개골이라도 씌워 둘까.

"서쪽 문의 전황이 좋지 않아! 원군을 부탁해!"

거기까지 생각했을 무렵 길드 직원이 그렇게 외치며 뛰어다니는 게 보였다.

〈……프라우드 울프. 도착하기까지 얼마나 걸리겠어?〉

〈그게…… 앞으로 8분이면 된다!〉

〈알겠어. 나도 같이 시간을 벌고 있을게.〉

그렇게 말하며 나는 서문으로 뛰어갔다.

많은 시간을 벌어야 하는 건 아니지만 무엇보다도 수가 많다.

하지만—— 앞으로 8분. 반드시 버텨내겠다.

"……심각하군."

길드 직원의 말대로 서문의 상황은 안 좋았다.

문 안쪽에는 수많은 모험가가 다쳐서 길드 직원의 간호를 받고 있었으며, 문 바깥에서는 계속해서 전투 중인 소리가 들려왔다.

지금도 열세인데 이 이상 부상자가 늘어나 모험가의 전력이 떨어지면 단숨에 밀릴지도 모른다.

——하지만 기죽을 틈은 없다.

나도 바로 돕기로 했다.

〈……슬라임, 담 위로 올라가 줘!〉

〈알겠어~!〉

〈우리는 보기만 하면 돼?〉

〈그래, 담 위에 있어 줘! 마법은 내가 보낼게.〉

나는 우선 슬라임을 던져 가까운 담 위로 올렸다.

이렇게 하면 전장을 넓게 파악할 수 있다.

나는 슬라임 덕분에 여러 곳에 공격할 수 있으므로 한곳에 집중하기보다 위험해 보이는 곳을 돕는 편이 좋겠다고 생각했다.

그렇게 『감각 공유』로 전황을 파악하며 『마법 전송』으로 원호한다.

이게 가장 효과적으로 돕는 방법이겠지.

"마법 전송── 화염구!"

나는 모든 슬라임이 담 위로 오른 걸 확인한 다음 모험가들을 공격하던 마물에게 『마법 전송』으로 『화염구』를 쏘았다.

그러자 노린 대로 마물이 일격에 숯덩이가 되었다.

"고맙다! ……어? 유지의 슬라임?"

도움을 받은 모험가가 뒤돌아보더니…… 슬라임을 보고 눈을 휘둥그레 떴다.

그러는 동안에 이번엔 다른 모험가가 위험한 상황이어서 나는 같은 슬라임에게 또 한 번 마법을 전송했다.

"진짜로 슬라임이 불을…… 유지의 슬라임은 그런 것도 가능한 건가!"

"혹시 게일 씨가 말한 불을 뿜는 슬라임이라는 건……."

그리고 내가 슬라임을 써서 게일을 도운 게 들킬 거 같았다.

나쁜 짓을 한 건 아니니 들켜도 문제가 될 건 아니지만.

"오오! 슬라임 강하잖아!"

"거기다 위험한 순간을 파악해서 돕는 거 같은데!"

"지금이다! 반격해!"

위험한 상황을 슬라임이 돕자 모험가들은 지금까지보다 공격에 더욱 집중했다.

그렇게 전황은 마물을 밀어내지는 못해도 마물과 비등할 정도까지는 기울었다.

그러고 있는 사이에…….

"미안하다, 기다렸지!"

"실수한 만큼 지금부터 만회하겠어!"

부상으로 치료를 받고 있던 모험가들이 전선으로 복귀했다.

드라이아 꽃으로 만든 약의 즉효성은 소문대로인 모양이다.

그렇게 전력도 보충되어 한 번은 무너질 뻔했던 전황도 서서히 다시 일어섰다.

그런 상황 속에서—— 프라우드 울프에게서 연락이 왔다.

〈유지 씨! 이제 1분이면 도착한다!〉

〈마을이 보이기 시작했어~!〉

〈우리를 공격하면 안 돼~!〉

……아무래도 시간 벌기는 슬슬 끝내도 좋을 모양이다.

프라우드 울프가 마을에 도착한 다음 슬라임의 배치에 2분 정도가 걸린다 치고…….

"지금부터 3분 뒤, 마법을 발동하겠어! 그동안엔 문 안으로 들어와 줘!"

"알겠다!"

"그래!"

내 말에 모험가들이 잇달아 대답했다.

"다른 문에도 전하고 오겠습니다!"

길드 직원이 다른 곳에서 싸우고 있는 모험가들에게 퇴각 타이밍을 전달해 줄 모양이다.

자, 마침내 『종언의 업화』와 새로운 마법이 나설 차례구나.

〈도착하면 전원 마을 외벽에 올라가서 마을 바깥 방향을 보아 줘! 슬라임끼리 간격은 최대한 비슷하게 부탁해!〉

나는 막 도착한 슬라임들에게 그렇게 지시를 내렸다.

마을을 둘러쌀 만큼 큰 결계를 전개하는 건 물론 처음이다.

〈알겠어~!〉

이것도 연습 없이 바로 실전이지만…… 이번엔 슬라임의 수가 많으니 어떻게든 되겠지.

──이렇게 내가 슬라임과 연락을 취하며 공격 준비를 하는 사이에 모험가들은 마을을 지키기 위해 싸우고 있었다.

"이 자식들아! 앞으로 3분이다! 어떻게든 버텨!"

"그래!"

모험가들은 그렇게 마을로 밀어닥치는 마물을 막아내고 있다.

밀려드는 마물의 밀도도 시간이 지남에 따라 점점 높아졌지만…… 어떻게든 버텨주는 모양이다.

──그리고 마침내 3분 뒤.

〈준비됐어~!〉

〈언제든지 할 수 있어~!〉

〈좋아! 프라우드 울프도 마을 안으로 들어가!〉

〈알겠슴다!〉

대답과 동시에 프라우드 울프는 내가 걸어 둔 은폐 마법으로 모험가들의 눈을 피하며 마을로 숨어들었다.

거의 동시에 길드 직원들이 지시를 내려 모험가들도 마을 내부로 피난했다.

이걸로 이제 벽 바깥에 있는 건 물리쳐야 할 마물 뿐이다.

"마법 전송── 마법 전송 결계!"

나는 우선 결계로 마을 주위를 덮었다.

동시에 마법의 위력이 공중으로 분산되지 않게 슬라임들이 올라간 외벽과 같은 높이에도 마법 전송 결계를 펼쳤다.

"……종언의 업화!"

내가 영창하자 마을을 둘러싸게 펼친 결계 전체가 동시에 새빨갛게 물들었다.

그리고── 한 타이밍 늦게 폭발적인 화염이 만들어 낸 굉음이 들려왔다.

"끝내준다!"

"이게 드래곤의 화염인가…….'

"이 화염을 버티는 결계는 대체 정체가 뭐야……?"

그런 목소리를 내며 모험가들이 결계를 보고 있다.

그 뒤로 조금 지나 슬라임들의 시야에 불길이 살짝 걷혀 주변의 상황이 파악되었다.

전에 『종언의 업화』를 사용했을 때와 마찬가지로 지면은 빨갛게 달궈졌고 마을 주위로 몰려 있던 마물은 남김없이 재가 되었다.

하지만…….

〈멀리서 마물이 또 오고 있어!〉

〈아직 안 죽은 마물도 조금 남았어!〉

아무래도 도착이 늦어진 마물과 마을에서 살짝 떨어진 곳에 있던 마물이 살아남아 버린 모양이다.

마물의 전체 규모가 큰 데다 처음부터 복수의 집단이었으니까. 선두와 가장 뒤는 도착 소요 시간이 어긋난 거겠지.

거기다 마침 아슬아슬하게 살아남을 위치에 규모가 제법 되는 마물의 무리가 있었는지 상당히 많은 마물이 살아남은 게 보였다.

전황상 마물이 완전히 모이기까지 기다릴 시간이 없었다고는 하지만…… 타이밍이 안 좋았다.

그리고 남은 마물은 곧장 마을로 밀어닥쳤다.

아직 지면은 새빨갛게 달궈져 있지만…… 그럼에도 마물의 전의는 꺾이지 않는 모양이다.

조금 전의 마법으로 쓰러뜨린 수는 약 60퍼센트.

나쁜 성과는 아니지만 전멸까지는 너무 멀다.

이대로라면 지면이 식는 대로 밀어닥치는 마물에게 밀리고 말 것이다.

모험가들이 힘을 합치면 짧은 시간은 지킬 수 있을지도 모르지만…… 전투가 길어지면 마을의 외벽이 버티지 못한다.

대책을 생각해야겠지만…… 우선 스테이터스를 확인하자.

유지

직업 : 테이머, 현자

스킬 : 테이밍, 빛 마법, 어둠 마법, 불 마법, 물 마법, 흙 마법, 전기 마법, 바람 마법, 시공간 마법, 특수 마법, 대마법, 사역 마법, 부여 마법, 가공 마법, 초월급 전투술

속성 : 없음

HP : 524/702

MP : −204201/1820

상태 이상 : 마력 초과 사용

……아무래도 HP는 아직 반 이상 남은 모양이다.

전에 썼을 때는 HP가 거의 다 줄어들었지만…… 지금까지 마물과 싸우거나 한 덕분에 HP 최대치가 오른 게 다행이었다.

HP가 줄어들기도 해서 머리가 쑤시고 몸에서 통증이 느껴

졌지만 움직이지 못할 정도는 아니었다.

　──이 정도라면 도박을 해 볼 수 있겠군.

　〈……한 번 더 가겠어!〉

　나는 그렇게 슬라임들에게 선언했다.

　〈한 번 더~?〉

　〈유지, 괜찮아~?〉

　내 선언을 들은 슬라임들이 걱정해 주었다.

　하지만 지금은 한 번 더 『종언의 업화』를 쏘는 게 가장 이길 확률이 높을 것이다.

　마을을 내버리고 도망치겠다면 또 몰라도…… 나는 그러고 싶지 않았다.

　〈난 괜찮아. ……하지만 마법 같은 원호는 더 못할 수 있으니까 『종언의 업화』의 영향이 가라앉으면 벽에서 떨어져서 내가 있는 곳으로 모여 줘.〉

　〈알겠어~.〉

　정말 괜찮을지 어떨지, 해 보지 않으면 알 수 없다.

　일단 HP는 절반 이상 남아 있지만 MP가 있는 상태에서 마법을 쓰는 것보다 MP가 없는 상태에서 마법을 쓰는 게 대미지가 더 클 거 같으니까.

　〈그럼, 간다!〉

　나는 선언하며 슬라임의 대답을 기다리지 않고 마법을 영창했다.

"……종언의 업화!"

영창이 끝나는 것과 동시에 HP가 단숨에 빠져나가는 감각을 느끼고 의식이 멀어졌다.

그리고 결과를 확인하지도 못하고 나는 정신을 잃었다.

◇

〈유지, 괜찮아~?〉

〈살아 있는 모양이지만…… 안 일어나네~.〉

슬라임들의 목소리가 들려왔다.

어째서 내 생사를 걱정하고――.

거기까지 생각하다 나는 어떤 상황이었는지 떠올렸다.

그리고 일어나자마자 슬라임들에게 물었다.

〈나는 얼마나 잠든 거지? 마을은 어떻게 됐어?〉

아무래도 나는 기절했던 모양이다.

일단 살아 있는 건지 걱정이 되어 스테이터스를 확인해 보았는데…….

유지

직업:테이머, 현자

스킬:테이밍, 빛 마법, 어둠 마법, 불 마법, 물 마법, 흙 마법,
　　　전기 마법, 바람 마법, 시공간 마법, 특수 마법, 대마법,
　　　사역 마법, 부여 마법, 가공 마법, 초월급 전투술

속성:없음

HP:53/702

MP:-421261/1820

상태 이상 : 마력 초과 사용

휴우. 아슬아슬하게 살아남은 모양이다.

머리는 쑤시고 쓰러지면서 부딪혔는지 몸도 여기저기가 아프지만.

〈어어…… 유지가 잠든 건 5분 정도야!〉

〈저기에도 슬라임이 있으니까 봐 봐!〉

아무래도 오랜 시간 기절해 있었던 건 아닌 모양이다.

그런 생각을 하며 나는『감각 공유』를 다시 사용했다.

『감각 공유』에 마력이 들지 않는 게 지금은 참 다행이다.

그렇게 눈에 비친 광경은——수십 마리 정도까지 줄어든 마물과 남은 마물을 쓰러뜨리고 있는 모험가들의 모습이었다.

마을 주변은 완전히 불타 버려 허허벌판이 되었지만 마을은 아무 탈 없었다.

이런 전황이라면 내가 손을 쓸 필요는 없겠다.

그런 생각을 하며 지켜보고 있는 동안 마물은 전멸했다.

마물이 전멸하고서 한동안 모험가들은 놓친 마물이 없는지 확인하는 모양이지만, 그것도 금방 끝났다(『종언의 업화』 탓에 주변 지형이 아주 평탄해져서 주변 상황을 확인하기 쉬운 모양이다).

확인 작업을 마친 뒤 모험가들은 경계를 위해 소수의 모험가를 남기고 일제히 마을로 돌아와…… 주변을 살피기 시작했다.

아무래도 무언가 찾고 있는 모양이다.

그렇게 돌아온 모험가 중 한 명이 나와 눈을 마주쳤다.

다음 순간, 모험가가 외쳤다.

"유지를 찾았다! 무사해!"

……찾고 있던 건 나였구나.

"유지와 슬라임, 그리고 드래곤의 두개골에 건배!"

"건배!"

마을 주점에 건배 소리가 울려 퍼진다.

주변의 안전을 확보한 다음 대량 발생한 마물의 토벌 성공을 축하하며 연회가 열린 것이다.

"설마 진짜 전멸시킬 줄이야……."

"드래곤의 화염을 재현한다는 얘기를 꺼냈을 때는 머리가 이상해진 게 아닌가 싶었는데…… 진짜로 저질렀으니까 말 야……."

"뭐, 다 그 뼈가 있었던 덕분이야."

나는 모험가들과 이야기하며 조금 긴장하고 있었다.

마법을 두 번 쓴 게 들키지 않아야 했는데.

"그러고 보니 그 드래곤의 화염. 잠깐 사라진 다음에 더 강해진 거처럼 보였는데…… 드래곤의 화염은 다 그런 건가?"

……그렇게 생각하고 있었는데 곧장 그 화제가 나오고 말았다.

하지만 모험가는 그걸 드래곤의 화염 특유의 성질이라고 착각해 준 모양이다.

실제로는 『종언의 업화』를 두 번 썼을 뿐이지만…… 이 오해는 활용할 수 있을 거 같다.

드래곤의 종류까지 지정하면 제 무덤을 파는 꼴일 테니 잘 얼버무리자…….

"아마 그렇지 않을까? 이 두개골은 산에서 주운 거니까 생전의 드래곤이 화염을 뿜는 모습은 보지 못했지만."

"아~ 그야 그런가. 설마 드래곤을 쓰러뜨리고 두개골을 탈취한 것도 아닐 테고. 어떤 드래곤인지는 모를 테니까!"

아무래도 잘 넘긴 거 같다.

드래곤의 두개골을 입수한 경위도 그 '설마' 이지만.

〈맛있어~!〉

〈이것도 맛있어~!〉

곁눈질로 살펴보니 슬라임들도 연회를 즐기고 있는 거 같다.

슬라임들은 모험가들에게도 인기가 많아졌는지 다들 먹을 걸 나눠주고 있다.

인간의 음식을 동물에게 주면 염분이 너무 많아서 몸에 해롭다는 이야기를 들은 적이 있는데…… 슬라임은 관계없겠지.

◇

"유지, 잠깐 나 좀 보겠나?"

한동안 연회가 이어지고 내 주위에 사람이 줄어들었을 타이밍에 지부장이 말을 걸어왔다.

"무슨 일이야?"

"그 마석 건이다. 여기서 이야기하긴 그러니 안으로 와 주게."

그 마석이라면…… 저주의 마석인가.

목소리 톤을 듣기로는 꽤 심각한 이야기인 모양이다.

"알겠어."

그렇게 말하며 나는 마법을 사용해 모습을 감추며 방을 나가 지부장의 안내대로 길드의 한 방으로 들어갔다.

지부장은 방에 열쇠를 걸어 잠그고…… 이렇게 말을 꺼냈다.

"쓰러뜨린 마물의 잔해를 길드 쪽에서 조사해 보았는데…… 이번 사태의 마물을 만들어낸 마석은…… 인공물 같네. 나타난 마물의 수를 보아도 단독범은 아니겠지."

지부장은 그렇게 말하며 책상을 가리켰다.

그곳엔 하얗게 변한 마석 파편이 있었다.

먼 옛날 국가를 멸망시켰다는 마석 정도로 극적인 효과는 없었고 마석을 옮기던 게 수상쩍은 사람이었으니 혹시나 싶었는데…… 정말로 마석 자체도 인간이 만든 거였구나.

어떤 조직인지는 모르겠지만…… 이런 걸 흩뿌린 이상 제대로 된 조직이 아니란 건 명백하다.

게다가 상당한 힘을 가진 조직일 것이다.

이 마을은 물론이고 주변 마을도 몽땅 짓밟아 버릴 정도의 마물을 동시다발적으로 발생시켰으니까.

"……유지. 이걸 만든 조직에 짐작이 가는 곳은 없나?"

나는 이 세계의 범죄 조직에 관한 지식은 전혀 없다.

하지만…… 참고가 될 정보라면 있다.

"마물을 대응하느라 정신이 없어서 보고하는 게 늦어졌는데…… 아까 저주의 마석을 옮기던 녀석을 붙잡았었어."

"붙잡다니…… 설마 이 마을에 저주의 마석을 옮기려던 녀석이 있었던 건가?!"

"아니, 직접 그 녀석을 붙잡은 건 멀리 있던 슬라임이야."

그렇게 말하며 나는 어깨에 태운 슬라임을 가리켰다.

당연히 그때 붙잡은 건 이 슬라임이 아니지만.

"슬라임이 인간을 포획했다고……? 아니지, 그건 지금은 됐네. 붙잡았다는 말은 심문을 할 수 있겠나?"

"아니, 생포까진 문제없었는데 그 직후에 자살해 버렸어."

"자살…… 심문을 하는 도중도 아닌 포획한 직후라는 건 이상하군. 조직에 대한 충성심이 상당히 높거나 무언가 세뇌라도 당한 건가……. 대국에도 그 정도로 단련된 병사는 적을 걸세."

역시 지부장도 같은 의견이군.

실행범에게서 얻은 정보가 너무 적어서 기대는 할 수 없지만…… 일단 그 녀석이 자살할 때 했던 말이 무엇인지 물어볼까.

"'이 더럽혀진 세계에 구제를!' 이라고…… 무슨 뜻인지 알아?"

나는 크게 기대하지 않고 지부장에게 물었다.

하지만—— 내 말을 들은 지부장은 혈색이 변했다.

"유지…… 설마, 실행범이 그렇게 말한 건가?"

"맞아. 짐작 가는 곳이라도 있어?"

"짐작 가는 곳은 있다. 하지만…… 그럴 리가 없어."

아무래도 방금 그 말에는 무언가 중요한 의미가 있나 보다.

하지만 나로서는 사정을 알 수 없다.

"……방금 그 말에 무슨 특별한 의미라도 있는 거야?"

"지금부터 40여 년 전에 파멸한 '구제의 창월' 이라는 범죄 조직…… 아니지, 종교 일당이 죽기 전에 비슷한 말을 했었다네."

그렇군.

과거에 파멸한 종교인가.

하지만 그것만으로는 지부장의 반응이 너무 과한 느낌도 든다.

"'구제의 창월' 은 거대한 범죄 조직이었어?"

"아니, 당시 구성원은 20명 정도였다. ……그 20명을 섬멸하는 데 500명이 넘는 희생자가 나왔지만. 그 녀석들은 비정상이다."

20명을 쓰러뜨리는데 500명.

범죄 조직의 토벌대에 참가할 정도이니 아마 전투에 동참한 이들은 일반인이 아니라 어느 정도 강한 기사나 모험가였겠지. 그럼에도 500명이나 목숨을 잃었단 건가.

"그렇게 강해?"

"강하다. 마법 기술에 관해서는 지금의 왕국을 웃돌았겠지. 거기에 그 녀석들은 자신이나 아군의 목숨을 거리낌 없이 내버린다. 자살이나 다름없는 마법을 아무렇지도 않게 쏘아대거든. ……그것만 없었으면 피해는 반으로 줄었겠지."

……무섭네.

마법 기술 같은 것도 어쩌면 인체실험 같은 짓을 벌여서 얻은 걸지도 모르겠다.

하지만…….

"'구제의 창월'은 이미 파멸한 거지?"

"그건 틀림없다. ……하지만 저주의 마석을 만들 가능성이 있는 조직이라니 대국을 제외하면 '구제의 창월' 정도밖에 없겠지. 거기에 더해 자살할 때 남긴 말…… '구제의 창월'이 살아남았을 가능성은 다분해."

그렇게 말하며 지부장은 고민했다.

"하지만 40년 전에 파멸한 조직이잖아. 아직 남아 있을 가능성이 있는 거야?"

"보통이라면 없겠지. 하지만 '구제의 창월'이 파멸하는 과정은 누가 보기에도 부자연스러웠다네. 본래부터 이상한 조직이었으니 지금까지 신경 쓰지 않았지만…… 저주의 마석을 만들기 위해 눈에 띄는 파멸을 연출하고 지하에 잠복했었다고 생각하면 납득이 되지. 소환 마법도 생산 마법도 그자들의 특기인 마법이었으니."

소환 마법인가…….

파괴된 마석에서 마물이 소환되었다는 의미에서는 그 마석은 일종의 소환 마법이라고도 할 수 있겠다.

──그리고 나 또한 이곳 이세계에 소환되었다.

소환되었다는 말은── 나를 소환한 누군가가 이세계가 있다는 거겠지.

소환된 나와 저주의 마석.

우연으로 치부하기에는 타이밍이 너무 잘 맞는다.

어쩌면── 이 두 건은 무언가 상관관계가 있을지도 모른다.

……어째 상당히 뒤숭숭한 곳에 온 모양이다.

슬라임과 처음 만났을 때는 평화로운 세계라고 생각했는데.

〈유지~ 유지~!〉

〈큰일이야~! 도와줘~!〉

어느 날 아침.

여관에서 자고 있던 나는 슬라임들의 목소리에 깼다.

아무래도 긴급 사태라는 모양이다.

"……무슨 일이야?"

슬라임들은 아침에 종종 숲으로 가서 잎사귀 같은 걸 먹는다.

나를 깨운 건 숲에 간 슬라임인 모양이다.

하지만 『감각 공유』로 확인해도 큰 사고가 벌어진 분위기는 아니었다.

슬라임들 중 몇 마리의 시야에 마물이 보였지만 별달리 습격을 당할 거 같은 위치도 아니고.

무슨 일인 걸까.

〈마물이야~! 마물이 나타났어~!〉

아무래도 슬라임들이 소동을 부린 건 마물 때문인 모양이다.

하지만 습격을 받은 낌새도 아니란 말이지…….

〈지금 그곳에서 조금만 떨어지면 습격받지는 않을 거 같은데?〉

〈그치만 잎사귀가~!〉

그렇게 말하며 슬라임이 손(?)을 뻗어 마물을 가리켰다.

아무래도 마물이 나타난 곳에 있는 잎사귀가 신경 쓰이는 모양이다.

〈다른 곳에 있는 잎사귀를 먹으면 되잖아?〉

〈저기 있는 잎사귀가 맛있어~!〉

〈이대로라면 마물에게 뺏길 거야…….〉

슬라임이 풀이 죽어 버렸다.

고작 잎사귀 때문에 마력을 쓰는 건 멍청한 짓 같기도 하지만…… 슬라임들에게는 중요한 일인가 보다.

……어쩔 수 없네.

〈……알겠어. 해치워 볼까.〉

〈와아~! 고마워~!〉

다행히 상대 마물은 그렇게 강해 보이지 않았다.

내가 직접 가지 않아도 슬라임들에게 마법을 전송하면 충분하겠지.

〈전술은, 그렇지…….〉

마물은 강해 보이지 않지만 숫자는 제법 많아 보였다.

그저 전멸만 시킬 거면 적당히 폭발 마법이라도 연발해 날려 버리면 되겠지만, 그랬다간 지면에 자란 잎사귀까지 휩쓸리고 말겠지.

여기선 주위에 피해가 가지 않게 단일 마법으로 한 마리씩 차근차근히 쓰러뜨리는 게 좋을 거 같다.

그렇다면 넓은 범위를 파악할 수 있게 슬라임을 높은 곳으로 이동하게 해야겠지.

……어째서 나는 이렇게 귀찮은 일을 하고 있는 걸까.

그런 걸 생각하며 나는 슬라임에게 지시를 내렸다.

〈위에서 마법을 쏠 테니까 적당한 나무에 올라가 줘!〉

〈알겠어~!〉

내 말을 듣고 슬라임들이 나무에 오르기 시작했다.

그 움직임은 평소보다도 날렵해 보였다.

아무래도 꽤 기합이 들어간 모양이다.

〈올라왔어~!〉

〈알겠어. 마법을 고를 테니 잠깐 기다려 줘.〉

나는 마물의 움직임을 살피며 습득한 마법 중에서 쓰기 편해 보이는 걸 골랐다. 『화염구』 같은 걸 써서 잎사귀를 불태우면 슬라임이 화낼 거 같으니까.

그러다 『암석탄』이라는 마법을 찾았다.

아무래도 상대에게 돌을 날리는 마법 같다.

살상력에는 의문이 들지만 이거라면 표적을 빗맞히지 않는 이상 잎사귀는 무사하겠지.

『마법 전송—— 암석탄!』

내가 마법을 사용하자 전송 대상인 슬라임에게서 고속으로 암석탄이 쏘아져 마물에게 꽂혔다.

몸의 중심을 맞은 마물은 금세 목숨이 끊어졌다.

『암석탄』이라고는 하지만 암석보다는 총탄에 가까워 보였다.

『화염구』보다 마력 소모가 많은 거 같지만 이건 이거대로 쓸 데가 많을지도 모르겠다.

그런 생각을 하며 나는 같은 마법을 연속으로 전송해 잇달아서 마물들을 쓰러뜨렸다.

그리고 10분 정도 지나자 주위에 있던 마물은 전멸했다.

〈와아~!〉

〈잎사귀다~!〉

마물을 다 쓰러뜨린 걸 보고 슬라임들이 기뻐하며 나무 위에서 내려가 잎사귀에 다가갔다.

〈맛있어~!〉

〈유지~ 고마워~!〉

그 표정은 무척 행복해 보였다.

……이렇게 기뻐해 준다면 토벌한 보람은 있을지도 모르겠다.

◇

　그로부터 몇십 분 뒤.

　슬라임들의 식사가 끝날 무렵을 기다려서 나는 슬라임들을 불러들였다.

　〈슬슬 길드로 갈 거니까 다들 돌아와 줘.〉

　〈알겠어~!〉

　그리고 조금 지나 여관으로 돌아온 슬라임들은 어째서인지 잎사귀를 가지고 있었다.

　설마 도시락으로 챙겨 온 걸까.

　……그런 생각을 하는 나에게 슬라임이 잎사귀를 내밀었다.

　〈유지~ 줄게~!〉

　"……어어, 먹으란 거야?"

　〈응!〉

　"그 잎사귀는 인간이 먹을 게 아닌 거 같은데……."

　그렇게 말하며 나는 슬라임이 내민 잎사귀를 보았다.

　독은 없어 보이지만 이런 잎사귀가 팔리는 걸 본 기억도 없고 아마 식용은 아닐 거다.

　〈뭐어~? 맛있는데~?〉

　〈먹어 봐~!〉

　하지만 슬라임들은 어지간히도 나에게 이 잎사귀를 먹이고 싶나 보다.

그렇게까지 말하면 한입 정도는 먹지 않으면 미안한 마음이 든다.

어쩔 수 없지, 먹어 볼까.

"……알겠어."

〈〈〈와아~!〉〉〉

슬라임들의 앞에서 나는 이름 모를 잎사귀를 조심스레 베어 먹어 보았다.

……그러자 입안에 싱싱한 향긋함과 부드러운 짠맛이 퍼졌다.

"……어라? 맛있네."

흔한 잎사귀인데 이런 맛이 날 수 있을까.

이건 상당한 대발견일지도 모른다.

〈그치~?〉

〈이거 잔뜩 있어~!〉

놀라는 내 앞에서 슬라임들이 자랑스러운 표정을 지었다.

정말로 그만한 가치가 있는 발견이었다.

이 잎사귀를 모아 팔면 상당히 큰돈을 벌 수 있을지도 모른다.

하지만…….

〈맛있어~!〉

〈다음엔 유지도 같이 따러 가자~!〉

나는 잎사귀를 먹으며 슬라임들을 보았다.

이게 맛있다는 사실이 알려지면 슬라임들이 먹을 몫이 없어
질지도 모른다.

그렇게 되면 미안하니까.

……이 잎사귀는 비밀로 해 두자.

후기

처음 뵙는 분들, 처음 뵙겠습니다. 웹 연재판이나 전작부터 보아주신 분들은 안녕하세요. 신코쇼코입니다.

저에게 이 작품은 세 번째 시리즈입니다.

감사하게도 전작 『실격문장의 최강 현자』와 마찬가지로 GA 노벨에서 출간하게 되었습니다!

게다가 발매 전부터 만화판까지 결정되었습니다! 기대되네요!

자, 이번 후기는 2페이지밖에 여유가 없으니 곧장 본편 이야기를 하려고 합니다.

본 작품은 이세계에 전생한 주인공이 자신의 힘이 비정상적이라는 사실을 별로 자각하지 못한 채 무쌍을 펼치는 작품입니다.

그리고 주인공에 의해 이세계의 상식이 산산조각 나죠!

……이상입니다!

너무 내용을 누설할 수는 없으니 자세한 내용은 부디 본편을 읽어 확인해 주시길 바랍니다!

물론 새로 쓴 오리지널 단편도 있으니 웹 연재부터 보아주셨던 분들도 즐기실 수 있을 거라 생각합니다!

다음은 감사 인사입니다.

좋은 아이디어와 어드바이스를 주신 담당자님.

실격문장에 이어서 훌륭한 삽화를 그려주신 카자바나 후우카 님.

그 밖에도 다양한 분야에서 이 책을 출간하는 데 도움을 주신 모든 분들.

그리고 이 책을 구매해 주신 독자 여러분.

이 책을 출간할 수 있었던 건 여러분 덕분입니다. 정말 감사합니다.

2권도 1권 이상으로 재밌어지게끔 열심히 집필 중이니 기대하며 기다려 주세요!

그리고 마지막으로 선전입니다!

『실격문장의 최강 현자』가 현재 소설이 4권, 만화판이 2권까지 발매 중입니다!

본작과 마찬가지로 주인공이 무쌍을 펼치는 이야기입니다!

띠지에도 적혀 있듯이 연동 캠페인도 하고 있으니 잘 부탁드리겠습니다!

신코쇼토

(※일본어판 발매 당시 내용입니다.)

전생 현자의 이세계 라이프 1

2021년 05월 10일 제1판 인쇄
2021년 05월 20일 제1판 발행

지음 신코쇼토 | **일러스트** 카자바나 후우카

옮김 이하니

발행 영상출판미디어(주)
등록번호 제 2002-000003호
주소 21311 인천광역시 부평구 평천로 132 (청천동)
전화 032-505-2973(代) | FAX 032-505-2982

ISBN 979-11-380-0012-3
ISBN 979-11-380-0011-6 (세트)

구매 시 파손된 도서는 구매처에서 교환하실 수 있습니다.
기타 불편사항, 문의사항이 있으신 독자님께서는 노블엔진 홈페이지
[http://novelengine.com] 에서 Q&A 게시판을 이용해 주시기 바랍니다.

애니메이션 제작 결정! 최강의 문장을 찾아 다시 태어난 현자
그러나 미래에서는 그 문장이 '실격문장'으로 불리고 있었다——?!

실격문장의 최강 현자
~세계 최강의 현자가 더욱 강해지기 위해 환생했습니다~
1~5

마법 전투에 통달했지만 타고난 제1문장의 한계로 고민하던 현자 가이아스.
최후의 방법으로 미래로 환생을 시도해, 염원하던 제4문장을 손에 넣지만——
환생한 미래는 마법이 쇠퇴한 것도 모자라 제4문장을 '실격문장'으로 천대했다?!

상식이 뒤바뀐 미래의 세계에서 '실격문장'의 편견을 깨부숴라!
최강 현자의 두 번째 인생이 지금 시작된다!

신코쇼토 지음 / 카자바나 후우카 일러스트

영상출판
미디어(주)

힘들게 현자로 전직했더니 레벨1로 게임 세계에 다이브?!
머리는 어른, 몸은 꼬마! 귀여운 현자님의 이세계 분투기!

꼬마 현자님, Lv.1부터 이세계에서 열심히 삽니다!

1~2

내 이름은 쿠죠 유리, 열아홉 살!
VRMMO 〈엘리시아 온라인〉을 플레이 중, 겨우겨우 염원했던 현자로 전직했어!
그런데 전직 퀘스트를 마치고 '진정한 엘리시아로 가겠습니까?'라는 선택지가 떠서
얼떨결에 승락했더니, 게임 속 세계로 들어왔어!
그런데 외모는 아바타와 똑같은 어린아이(8세)?! 게다가 레벨은 1이라고?
흐에에에엥~ 대체 어쩌다가 이렇게 된 거야아아아!
정신까지 어려진 꼬마 현자님, 이세계에서 어떻게든 잘 살아 보겠습니다!

아야토 유메 지음 / 타케하나 노트 일러스트

영상출판
미디어(주)

슬라임을 잡으면서 300년, 모르는 사이에 레벨MAX가 되었습니다
1~13

회사의 노예처럼 일하다가 죽고, 여신의 은총으로 불로불사의 마녀가 되었습니다.
이전 생을 반성하고, 새로운 생에서는 슬로 라이프를 결심해
돈에도 집착하지 않고 하루하루 슬라임만 잡으면서 느긋하게 300년을 살았더니──
레벨99 = 세계 최강이 되어 있었습니다?!
그 소문이 퍼지고, 호기심에 몰려드는 모험가, 결투하자고 덤비는 드래곤,
급기야 나를 엄마라고 부르는 딸까지 찾아오는데 말이죠──.

ⓒ Kisetsu Morita
Illustrations ⓒ Benio
SB Creative Corp.

모리타 키세츠 지음 / 베니오 일러스트

영상출판
미디어㈜

경계미궁과 이계의 마술사

1~8

귀족의 서자로 계모와 이복형제들에게 학대를 받던 테오도르 가트너는
수로에 떠밀려서 죽을 뻔했을 때 『전생의 기억』을 되찾는다.

전생의 기억과 함께 마법을 쓰는 법도 떠올린 테오도르는 자신의 성장과
새로이 태어난 이 세계의 수수께끼를 찾기 위해,
자신을 보필하는 소녀 그레이스와 함께 집을 나와 미궁도시 탐월즈로 떠나는데——.

오노사키 에이지 지음 / 나베시마 테츠히로 일러스트

영상출판
미디어㈜

돼지 공작으로 전생했으니까 이번엔 너에게 좋아한다고 말하고 싶어

1~10

대인기 애니메이션 『슈야 마리오넷』의 미움받는 존재 '돼지 공작'.
마법학원에 다니는 공작가의 3남인 스로우 데닝.
그 '돼지 공작'이 된 나는 이대로 가면 좋아하는 여자애도 빼앗기는 배드 엔딩으로 직행!?
그럴 순 없지! 나는 내 지식과 노력으로, 내 사랑스러운 샬롯에게 고백할 거야!

**미움받는 캐릭터로 태어나 정해진 운명을 비틀고 행복을 손에 쥐어라!
인기 이세계 판타지, 절찬 출간 중!**

아이다 리즈무 지음 / nauribon 일러스트

영상출판
미디어(주)

악역영애 레벨 99
~히든 보스는 맞지만 마왕은 아니에요~
1~2

RPG 스타일 여성향 게임에서 엔딩 후에 엄청 강하게
재등장하는 히든 보스, 악역영애 유미엘라로 전생했다?!
그것도 모자라 초반부터 레벨업에 몰두해 입학 시점에서 레벨 99를 찍고 말았다!!
평화로운 일상은 바이바이~ 사람들은 무서워하고, 주인공 일행들은
아예 부활한 마왕이라고 의심하는데……?!

아무튼 내가 최강이니 아무래도 좋은 마이 페이스 전생 스토리, 시작합니다!

타나바타 사토리 지음 / Tea 일러스트

영상출판
미디어㈜